魅丽文化 花火工作室

与光同成灰

十年荣光·

With the light from the ashes

调调 / 著

廣東旅游出版社
GUANGDONG TRAVEL & TOURISM PRESS
悦读书·悦旅行·悦享人生

中国·广州

图书在版编目（CIP）数据

十年荣光·与光同成灰 / 调调著. -- 广州 : 广东旅游出版社，2016.4

ISBN 978-7-5570-0247-3

Ⅰ. ①十… Ⅱ. ①调… Ⅲ. ①短篇小说－小说集－中国－当代②散文集－中国－当代 Ⅳ. ① I217.2

中国版本图书馆 CIP 数据核字（2015）第 260586 号

出 版 人：刘志松
总 策 划：邹立勋
责任编辑：梅哲坤
文字编辑：黄　山 夏剀峰
版式设计：刘　阳
封面设计：黄　梅
封面摄影：@摄影师夏夜

广东旅游出版社出版发行
（广州市天河区五山路 483 号华南农业大学公共管理学院 14 号楼三楼）
邮编：510642
邮购电话：020-87348243
广东旅游出版社图书网
www.tourpress.cn
湖南凌宇纸品有限公司
长沙县黄花镇黄垅新村工业园区财富大道 16 号
880 毫米 ×1230 毫米　　32 开
9 印张
200 千字
2016 年 4 月第 1 版第 1 次印刷
印数：10000 册
定价：26.80 元

目录 CONTENTS

第一部分 001

处女座少女洗白史。
哦，原谅我是纠结的处女座。

CONTENTS 目录

目录 CONTENTS

第二部分

060

书尽孤勇。
我在这里，可是，你又在哪里？

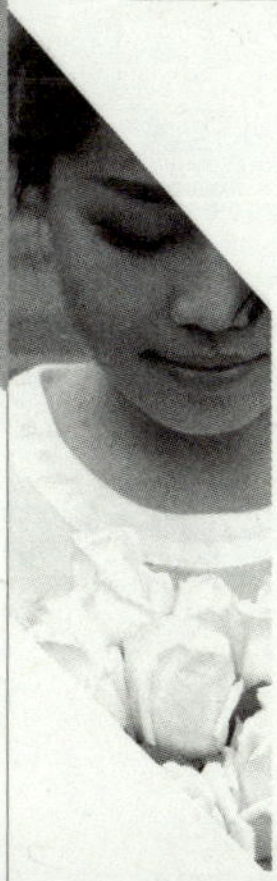

CONTENTS 目录

第一部分

处女座少女洗白史。
哦，原谅我是纠结的处女座。

有 的人，永远不会离开

最近有很多读者问我，为什么不像以前一样经常在《飞言情》露面了？是不是不再管《飞言情》了？一方面，我被这些默默关注着我的读者所感动；另一方面，我思索再三，还是觉得要把这件事告诉大家——

自从升职为副总编后，我已经转变为总编小狮的全职助手，帮他处理《花火》以及公司的所有工作。而我一手创办的《飞言情》，现在则交由狸崽和大熊共同接管。因为长相等各种因素，狸崽和大熊做了具体分工，狸

崽负责《飞言情》的终审，大熊据说因为长得太帅，怕被热情的女编辑们围堵，所以不能天天来公司，偶尔心情好的时候才会来公司，负责“门面担当”（也就是玩）。

唉，即使是正儿八经把这件事情跟大家交代，但因为升职而开心的同时，我的心中也有无限惆怅。狸崽虽然是“老油条”，可我还是担心她出纰漏；大熊这个跟Boss（老板）称兄道弟的年轻人，我至今都搞不清楚他的来头（据说大熊来自公司背后的财团），万一他上班不认真，砸了招牌该怎么办？

哦，原谅我是纠结的处女座。

《飞言情》从创刊到现在已近五年。从最开始默默无闻到现在的“国内言情第一刊”，每每回想过往，我总能看到曾经的自己和那些已经离开公司的人。

和每个进入魅丽文化的人一样，那一年难耐的盛夏，我凭着一腔热血和对文字的梦走进了这家公司。

从一开始懵懵懂懂，到《飞言情》的内容策划，再到《飞言情》出刊上市，我经历了财政、书号、营销渠道等困难，以及公司各个部门负责人的不看好。

然而我是个倔强的人，越是困难重重，越是有打败它的决心。我每天在公司加班到深夜，忘记吃饭是常事，即使节假日，我也习惯去书市听听反馈，去学校问问读者的意见。而当时支持我的，不过是“一定要给读者最好看的言情故事”的信念。

好在上帝是眷顾努力的人的，《飞言情》成功了！

而这一路上和我共同努力的人，有的离开了，有的转行了，但更多的人，即使天各一方，也依然和我互相支持着。他们会给我寄零食聊表思念，会帮忙解决一些遗留的问题，会路过公司时前来看望……每每这时，我就会有种他们不曾离开过的错觉。

我很感激，感激所有的人和事。

有人说，离开是为了更好地回来。

我虽然把《飞言情》交给了狸崽和大熊，但一本属于我自己的书《十年荣光·与光同成灰》即将和大家见面。我要把一个最真实的自己呈现给你们看，让你们与我一同走过那些年的青春年华，希望你们能喜欢。

当然了，如果你们因为看了那本书后对我有意见，请一定要私下里偷偷告诉我，千万不要告诉大熊，以免让原本就不尊重我的他变本加厉。（大熊：冤枉啊，调调姐！）

写完这篇文章的时候，夜色又暗了下来。

因着那份对《飞言情》的忧心，我又一次悄悄地走到了飞言情组。

意外地，此刻正伏案工作的是很久没来公司的大熊，而狸崽也站在他旁边认真地查看着什么。

从楼上美编那儿急急忙忙跑下来的果子告诉我，新一期的《飞言情》正在出片，因为上期有读者反映杂志里面有一些错别字，大熊特意赶来公司，还顺便帮她们带了盒饭。

我想，我终于可以放下心中的大石，不由得弯起了嘴角。

总编爆料时间：

据说大熊欧巴前两天去拍照了，自从在微博发布了花絮照以后，他的粉丝数量就涨了好多。据说还有读者来信说，大熊“欧巴”已经替代小狮在她心中的“男神”形象了，还因为跟死党争论到底是大熊帅还是小狮更帅，两个人已经绝交了。大家不要被这个矮子“男神”欺骗了好吗？脸再怎么白嫩、好看，身高只到狮总的脖子那儿，跟狮总没有可比性好吗？

编辑部
桃花满满

自从升职为副总编后，好久没有亲自写《飞言情》的专栏和互动了。（众编辑：作！）

升职可以涨工资，但是也有很多的烦恼啊。（众编辑：你再作！）

比如平静了很多年的编辑部，自从到了我手上以后就桃花满满，搞得我很是惶恐。万一某一天 Boss 天真无邪地问我，为什么编辑部现在都是夫妻情侣档，想想我都无言以对。难道我要跟 Boss 说，这些兔崽子都是背着我在一起的吗？

那是某一个清晨，我刚到办公室，电脑还没来得及打开，我安排在编辑内部的“探子”狸崽突然冲进办公室，大吼一声：“调姐，花火组出大事了！”

大事？

难道是《小狮很忙·十年荣光 2》又加印了？哼哼，我就说一上市就会加印的！

难道是经销商和客户又因为抢《花火》打起来了？打起来才好，说明我们《花火》卖得好！

…………

想了一会儿，狸崽告知我想多了之后，才终于告诉我：“花火组的编辑眸眸，跟公司的在职写手夏栀勾搭到一起了！”

不是吧？这两个人怎么会在一起？虽然眸眸终于找到男人了，我再也不用听她在我面前一脸花痴地羡慕谁谁谁都有男朋友了，谁谁谁就要结婚了，可是，眸眸是花火组唯一拿得出手的美少女啊，虽然现在已经胖得不忍直视，但她好歹也是花火的名编，便宜了夏栀这种小虾米，不太好吧？带了亲戚关系，以后是不是更不好退夏栀的稿子了？

怎么办？想想都好纠结！到底要不要答应这两个人在一起？（众编辑无语。）

天要下雨，组员要嫁人。身为领导，再纠结也是没有用的，我只能强颜欢笑，勉强祝福这对不甘寂寞的男女。

只是我万万没有想到，把眸眸交出去还不到一个月——

在一个万籁俱寂的夜晚，我躺在床上，准备给自己放一首摇篮曲进入睡眠，我们财大气粗的“90后”主编大熊又给我发了一条微信：“调总，我们飞言情组出大事了！”

这熟悉的句子，这迫不及待的架势，莫非……

大熊：“听说花火组的矮子‘男神’不夏，在追我们组的果子！”

我：“怎么可能？我不相信！”

大熊：“是真的，不信你派你的探子去打听一下。”

事情怎么会变成这样……

果子，你不是说你一定要找一米八以上的男友吗？

不夏，果子脑袋那么大，又没有胸，你确定你以后不会后悔？

大熊："没想到不夏这个小矮子动作还挺快的，看来要让他请大家吃饭表示表示了。"

我："不要这样，我还没想好要不要祝福他们呢。"

大熊："不要棒打鸳鸯了！"

呜呜，Boss，身为领导，我真的尽力了……

p.s. 光顾着写八卦，忘记跟大家说一声，我的新书《十年荣光·与光同成灰》现已上市（没错，是我写的），爱我的"飞蝶"都要去买一本哦，爱你们，么么哒。要是能加印，我再详细给大家爆料矮子"男神"追大头果的最新进展……

初恋终是遗落在……漫长时光

从小到大，我都不爱跟女生玩，反而更喜欢跟男生一起玩闹或者谈心，到了大学时期，这种状况越发明显。

全班有十六个男生，有三分之二的“汉子”或明或暗地对我表达过“非分之想”，虽然那三分之二的“汉子”里面，后来有三分之一找我借过钱，至今也没有还。

虽然每次同学聚会时，班上的每个“汉子”都喜欢哭着喊着要我听听他们的血泪史，给他们写部自传，但其实我不太喜欢同学聚会的场合。

我虽然非常怀念大学时光，但是我很害怕同学聚会以后，那些回忆中的美好就都消失掉了。

虽然我非常非常想你，即使不再联系，将你的QQ拉黑的八年来，我连自己的QQ号都不记得，但是你的QQ号码我依然记得非常清楚。

虽然这八年里，我无数次点开你的QQ资料，想进入你的空间看看你现在的模样，胖了还是瘦了，是不是依然那么多情、那么温柔、那么伤人。

但是每一次，我都强行制止了自己，因为我发誓这辈子再也不会联系你，再也不会让你看到我，这是我对你的惩罚。

没错，你是第一个，也是唯一一个，让我想用漫长的告别来伤害的人。尽管我并不确定对你的伤害你接收到没有。

我知道，你打电话给我，我换掉号码；你加我的QQ，我也数次拒绝。从那之后，你开了微博小号，在微博上关注我，还经常冒充小读者给我留言、转发我的微博。

但是你也太傻了，我每天面对无数的读者，你那笨拙的伪装，我怎么可能看不出来！

我私信你，说你让我想起了一个人，你就以“呵呵”来回避，不敢多说一句话。真正的读者哪里会这样，起码也要问问我想起了谁。

不承认也好，不然，我还是会拉黑你。

上次我刻意发了一条微博，说每次都很羡慕别人的大学生涯，觉得别人的大学都很精彩，没有白过，自己的大学生涯却过得很是悲怆。

你用小号回复说，每个人的大学生涯都是与众不同的。

这果然是你说话的腔调和立场。

我知道你一直在买《花火》，在追我的专栏。当你看完这个专栏，我知道你还是会继续装傻，但是我已经不再是之前那个遇事总是回避的小女生了。

这么多年的社会经验告诉我，任何事情都必须面对，回避反而会给人迎头痛击。

如果你愿意，你可以拿你的小号跟我正面沟通，虽然沟通后我还是会拉黑你、惩罚你，让你永远都见不到我，但是我们可以像成年人那样沟通，起码给当年定个位，看你同不同意这篇专栏的标题。

你说呢？

总编爆料时间：

我们的花魁眸眸终于谈恋爱了！我再也不用每天被她烦，听她抱怨要嫁人、要相亲了。可能是花魁眸眸的恋情太甜蜜、太耀眼，导致我最近很伤感，专栏总是在回忆从前。我偷偷地跟大家透露一下，花魁眸眸的新男友，就是花火的写手夏栀哦！据说是个暖男！我脑补了一下编辑和写手在一起的画面，难道每天的对话就是——“亲爱的，快写篇稿子，主编催得急。”“哈尼，稿子我已经写好了，记得让主编给好评哦，么么哒。”唉，想想都觉得油腻！

p.s. 在这里还要感谢一下石家庄学院的读者小敏。

不怕
时光太漫长

前一阵子，我无意中在微博上看到一句话：唯有微笑、睡眠和希望，才能缓解生命的辛劳。

随着年龄渐长，我会对自己既定的人生观开始反思，会经常质疑自己的生活如此随波逐流。这是一件非常痛苦的事情，总是折磨得我难以入眠。

很多个失眠的夜晚，我都需要把自己弄得很疲惫才能入睡，比如把第二天要看的稿子看完，一口气写几个专栏，或者打开自己的微博小号，进行毫无意义的刷屏。

之前那个倒头就睡的人，现在反而难以入眠了。

之前那个自卑而沉默的人，现在更加软弱且不自信了。

十年前，我最常在脑海中强调的一句话是：一个人，一生只能做好一件事情。

而当时的我，将那一件要做好的事情定为写作。

所以即使在学校学的设计专业成绩很差，尽管从来没有人告诉我写作这条道路是怎样的一番景象；

即使父母知道我宁可一天少吃一餐饭，也要把吃饭的钱省下来买书后，要把我辛辛苦苦攒下来的书烧掉；

即使班上的同学乃至整个系的同学都叫我“才女”，却都离我远远的，没有一个人愿意做我的亲密朋友；

但我还是坚持下来了。

每当觉得孤独、没有安全感的时候，我就在脑海中重复着这句话：一个人，一生只能做好一件事情。

现在想来，那时候的我，心理状态比现在强多了。那时候我真的是一个很自我的人，完完全全封闭在自己的世界中。可能执迷写作的人，都会有这样的一个状态，只是后来的我们被生活改变了。

记得我曾经问过狮总，为什么随着时间的推移，我却觉得自己心里越来越空了？

狮总回答我说，那是因为做了总编之后，我看到的东西越来越多，不美好的东西也就多了起来。

我反问他，可是为什么他看起来总是那么强大，这么多年，甚至感觉不到他有一丝脆弱。

狮总难得认真地看着我的脸，缓缓道：你只能记住生活里美好的部分，这样才能强大。

为此，狮总还特意嘱咐一名责编，要她在我的专栏名下面加一句话——做一个内心强大的女子。

他可能是想以此来鼓励我，让我也成为一个像他那样强大的人。

有一次我跟狮总一起陪客户吃饭，饭后狮总开着他的保时捷送我回家。在沉默的车内，狮总突然说了一句："我今天在微博上看到这样一句话——特别难走的路，才是上坡路。"

说完这句话之后，狮总再也没有说别的，他依旧专心地看着前面的路况，看都没看我一眼。如果不是这句话说得缓慢而有力，我都要以为是自己幻听了。

但我那时觉得自己软弱的心，一下子就被治愈了。漆黑的夜，也变得可爱起来。

可能，执着和固执是属于青春的路牌，而微笑和希望才是属于未来的生活。

我们要做的，只是珍惜生命的每一个阶段，善待生活中的每一刻孤单。

呆星人的世界你不会懂

DAI XING REN

DE SHI JIE

NI BU HUI DONG

贴心的图书组组长罗俭告诉我，最近是水逆期（水星逆行期），人会特别怀旧，做事也会不顺，让我万事小心一点。

水逆期最典型的代表事件是，《花火》新来的某个编辑很不幸地从楼梯上滚了下去。

所以阴差阳错之下，我、爱丽丝和飞言情组的豆芽三人一起去看电影的时候，我的小心脏还是小小地颤抖了一下。

之前做《飞言情》的主编时，豆芽就因为大大咧咧的性格，没少被我骂。

现在帮狮总管理《花火》后，我又天天被爱丽丝迷糊的性格折磨得不行。

再加上我家里还住了一个呆到家的亲妹妹，我感觉自己的世界已经被“呆星人”统治了。

去往电影院的途中，两个“呆星人”把我撇到一边，手挽手聊得火热，但我听了半天也没听懂她们在聊什么。后来豆芽偷偷摸摸地蹭到我这边，小声地跟我说：“调姐，我终于明白你的苦恼了，爱丽丝真的太呆了，她说话我也听不懂。”

原来呆星人之间也会有沟通障碍，我只能眼神复杂地看了这两个人一眼。

到了电影院，在买票的间隙，一直比较沉默的我在微博发了一条消息：“和 @花火爱丽丝 @飞言情豆芽 一起看电影，跟两个呆萌的人在一起，我会被呆醉吗？”

有一个写手的回复总算治愈了一直感觉怪怪的我：你可以成为她们当中唯一保持清醒的人。推荐你带两个雪球进去吃，方便加入“呆萌”的行列。

想想自己变成三个人当中唯一清醒的一个，也挺特别的。

但是读者们的回复则刻薄醉了，竟然有人问我：“豆芽那么矮，需要买成人票吗？”

刻薄的读者彻底激怒了“呆星人”，豆芽马上不干了，一直嚷着说自己比爱丽丝高，凭什么读者就只挖苦她？

果然爱丽丝也不干了，说自己怎么可能比豆芽矮，豆芽可是读者心中不可动摇的“151”啊！

于是，在文艺的、灯火通明的电影院大堂，这两个“呆星人”坚持要把鞋子脱了一比身高。

我原本想假装不认识这两个人，默默地躲远一点，无奈却被拉去做评委。

评比的结果是，豆芽以脑袋够尖，高出一个脑袋尖而胜出。

开心醉了的豆芽马上发了一条微博，向一直叫自己“151”的广大读者宣布自己身高156厘米的事实。

爱丽丝则气场低迷地在豆芽的微博下回复了一句：“唉，连豆芽的身高都没比过，真是生无可恋……”

不过虽然比身高这件事情搞得气氛很尴尬，两个“呆星人”都有点小意见，但进了电影院之后，她们又像亲姐妹一样把我撇开，一直说些我听不懂的话……

看完电影，出了电影院之后，两个“呆星人”都一脸兴奋地说：“电影挺好看的，就是有点看不懂……”

我是真的被呆醉了，早知道就应该听罗俭的，这几天在家里好好待着，不要出门。

总编爆料时间：

前阵子眸眸跟写手夏栀谈恋爱才被爆出，没多久，又有知情者爆出短腿“男神”不夏跟飞言情组的大头果子来往甚密。经过飞言情组的组员们集体阻拦，不夏和果子正式交往了。最近编辑部桃花太多，我作为领导也是醉了，只能勉强祝福这些不甘寂寞的男女了，看来要开始存红包钱了。

给软弱的人以厚爱

难得的周末，我去见了一个在网上神交已久的作者，还在家里搞了三个小时的大扫除。

结果，卫生虽然搞完了，但处女座洁癖的特性大爆棚，我觉得搞完跟没搞一样，还应该再搞一遍。

可是我答应了睁睁周一一定交专栏，所以午夜一点，我打开了电脑文档。

我隐约听到过好几个编辑抱怨说我是纠结的处女座，对工作和生活都要求太严，也不允许别人犯错误。

在身边陆续培养了几年的几个小编辞职后，我一直坚持的“做事就要做到极致”的信念也开始动摇。虽然她们离职都有不同的理由，但是我知道，那肯定跟我有一定的关系。

公司的编辑们都知道我是讨厌的处女座领导，但是她们不知道，除了我，大 Boss 其实也是处女座的。

我也曾试探性地问过自己的直接上司狮总，公司里他最熟悉的两个人——我和大 Boss 都是网上评价不好的星座，他会不会觉得困扰？

狮总只是莫名其妙地看了我一眼：“你害怕别人的看法？”

我怎么可能不害怕呢？其实处女座所谓的纠结特性，也可以总结为害怕的东西太多，怕每一个小失误都会造成不可挽回的后果，怕每一个决定不赞同的声音太多。

所以，处女座的特性，归根结底，其实是软弱。

我一直以来都知道自己是一个软弱的人。但是一直以来，我都在努力伪装，不想让任何人知道。

小时候，跟玩得好的朋友闹僵了，为了不让自己自讨没趣，我会在每次看到那个朋友的时候，都在心里默念几遍“我们已经闹掰了，不要主动跟她说话，不要让她觉得我还在乎她”。

成年后，跟男朋友分手了，我都会把所有跟他有关的联系方式都删了，然后想尽一切办法让自己把牢牢记住的他的电话号码忘掉，以免在哪个脆弱的时刻会忍不住主动去纠缠他。

现在，不管在公司身处怎样的位置，我都会时刻提醒自己，要拥有真正的本事，不要太依赖这个职位，不要太把自己当回事，这样一旦失去一切，才不会手足无措。

这样的想法，也不知道是因为太悲观，还是因为太没安全感。

虽然心会累，但是不管如何，我坚信，这样能够让我更加有自尊地活着。

好在，那几个我亲自带了几年却已经离职的编辑，在离开公司后都还有联系，还能在微信朋友圈里暖暖地问候。

其中有一个编辑离职的时候说，因为工作压力太大，晚上睡不着，所以请我一定要放她走。她在另一家文化公司上班后，发了一条朋友圈，大概的意思是，还是喜欢之前的工作氛围。

她还匿名给我寄了我喜欢的零食过来，后来被我知道了。

当她提出离职，说我给她的压力太大，导致她每天晚上睡不着的时候，一向不喜欢向别人展现出脆弱的我，还是忍不住在狮总的办公室痛哭了很久。

当初有多痛苦，收到她寄过来的零食的时候，就有多暖心。知道自己不是被讨厌的，那种感觉真的很好。

还有一个编辑，虽然离职已经好几年，但我们一直都有联系。

她在 QQ 上喜欢叫我“亲姐姐”，却依旧害怕我，每次我主动在 QQ 上找她，她都一副被惊吓到了的样子。

还有一个编辑，离职后就转行了。时隔几个月后，她突然在 QQ 上找我聊天，问我当初其实是不是喜欢她……

因为从事编辑这份工作的大部分是女生，所以随着时间的推移，我也越来越喜欢对工作有着无限憧憬和热忱的女编辑。

每年，公司都会新招进来一大批新的女编辑，有的喜欢走“萝莉风”，有的喜欢走“女汉子风”，有的在公司走廊看到领导（比如我），就迅速闪进别的地方（我也就假装没有看到她）。也有几个玩得好的妹子，每天在公司碰到我，就热情无比地跟我打招呼，所以即使工作很忙，我也能清楚记得我跟那几个妹子在公司的走廊上偶遇的次数……

不管是什么样的性格、怎样的举动，我都觉得她们那么乖巧、那么可爱。

最近我的 QQ 签名改成了：“我是软弱的少妇，别人都是柔软的少女。”

虽然我很不愿意将自己定位成少妇，但是现在叫自己少女，真的已经说不出口了。

最后，祝福软弱的少妇幸福吧，期待上天能给自尊的人以厚爱。

总编爆料时间：

《小狮很忙》上市后得到了读者们的大力支持，创造了上市两个月加印次数最多的“壮举”。狮总一高兴，答应只要加印累积二十次以上，就请大家去韩国旅游，吃住玩全包。大熊主编也答应，只要去韩国，就邀请大家去他在韩国的别墅开 party（派对）。现在整个编辑部都要疯狂了，韩国，屋里亲故呀（我的朋友呀），我们马上要来啦！

苦逼的副总编们 >>>>

前阵子，我们长沙总公司的三位副总编背着狮总建了一个讨论组，讨论组还取了一个大逆不道的名字，叫作“苦逼的副总编们”。

我们每天讨论的主题，自然是要围绕着我们的直接领导——总编小狮展开。

比如，上班已经很辛苦了，他却还要“逼迫”我们写书。为了销量能向他的书看齐，知道我们失眠了多少个夜晚吗？

又比如，他自己的书上市都没有举办签售会，却一直在絮絮叨叨地暗示我，我的新书《十年荣光·与光同成灰》上市了，是时候筹备一下签售会的事情了。

再比如，下班之后，我只想躺着在家里装尸体，我们狮总的那些亲戚、朋友却总能找来一些莫名其妙的人，安排一场万分尴尬的相亲会（咦，好像有什么奇怪的东西乱入了）。相亲对象的性别有时候是男，有时候是女，最后我也搞不清楚，是我陪着狮总去找妹子，还是他特意帮我寻汉子。

但是，为了响应狮总的号召，让自己的新书多卖一点，避免丢副总编的脸，我也是蛮拼的。

我花了整整一个下午的时间，写了密密麻麻的几页“促销”方案：

1. 长沙总公司、武汉分公司、北京分公司，五位副总编、二十多位主编，加上责编、小编、设计、校对、营销等一共三百多人，我给他们每个人发私信，求捧场买一本。

2. 把幼儿园、小学、初中、高中、大学以及上班后，所有仰慕我的女性朋友和我仰慕的男性同胞都集合起来，开个小型签售会，买书就送个人私藏自拍照一张（不买书的送自拍照五百张）。平日里大家对我总编的身份还是挺好奇的，或多或少提过要我免费送一两本“大作”给他们欣赏，这次终于有机会向他们展示了，应该还是会有一些人愿意掏钱买的吧？（好吧，我也不是很确定。）

3. 找管发行的几位营销经理开个会，特别是那几个单身汉，进行重点强调、多次洗脑，谁的片区销得多，就把飞言情组的黄金单身妹豆芽许配给他。

4. 凡是买了《十年荣光·与光同成灰》的读者，微博晒图并@我之后，挑选一个最漂亮的读者，再挑选一个最有才气的读者，在两个读者中间进行投票，让花火组的编辑们辩论一下，到底是漂亮的读者“萌”一些还是有才气的读者“萌”一些。得胜的读者，送平板电脑一台。这是不是很有创意呢？

…………

以上多条都落实下去，相信《十年荣光·与光同成灰》的销量与狮总的《小狮很忙·十年荣光 2》的销量就相差不远了。亲爱的美丽又有才气的“花粉”们，你们说呢？

总编爆料时间：

“苦逼的副总编们”讨论组现在又聊得甚欢，据说是因为狮总跟大熊主编携手去韩国度假了。自从上次大熊主编做了狮总新书《小狮很忙·十年荣光2》的“书模”后，两个人的关系就更加亲厚，难怪狮总新一轮的相亲宴都不找我作陪，改成找大熊陪了！放眼望去，副总编们在讨论组的关键词竟然是：“我希望狮总在韩国多玩一会儿”“喜闻乐见”“吃好喝好”……

没有人爱你，是因为你不爱任何人

又到了七夕情人节，身边“我为什么还没嫁出去”的声音不绝于耳。其实她们都是很不错的好姑娘，工作稳定、身材好、气质佳，脾气也都还好，可为什么好几年过去了，别说嫁出去，她们身边就连个对象都没见着呢？

我的好朋友豆芽，也是这种每逢七夕节、光棍节都要暗自伤心一把的姑娘之一，无非就是看到别人出双入对，而自己孑然一身，多少有些伤心。有一天晚上，她打电话给我，语气落寞：“调调，有时我真的想不通，大街上比我胖的、比我丑的人，都挽着一个男朋友，笑得张扬肆意，为什么我就一直没有遇到一个对的人呢？”

我当时不知该说些什么安慰她。豆芽虽然算不上是大美女，但至少一眼望过去，还是让人很舒服的类型。而且她一直都很优秀，上学的时候成绩好，工作了业绩好，除了在生人面前不太爱说话之外，她几乎没有什么太大的缺点，但是不知为何，就是无人问津。

直到在豆瓣上看到一张图，我瞬间就被戳中了——

“你知道自己为什么没人爱吗？

“是因为你不爱任何人，

你只是希望周围的人来爱你。

“但你到现在为止有没有为那些人做过什么？”

我忽然想起了豆芽的一些事来。有时朋友一起聚会、K歌，叫她一起来，好不容易请动了她，结果她一来就坐到角落玩手机。周末有朋友叫她出去玩，她也懒得走动，说觉得浪费时间，不如窝在家里上网。还有一次，我发了几条短信给她，她都没有回复我，打电话过去直接关机，我以为出什么事了，赶紧上Q找她，幸好她在线，问她电话怎么打不通了，她轻描淡写地说换号码了。我愕然，换号码了也不通知一声？她说懒得费工夫，只在空间发了一条说说。

她也不是没有动过心。有一次她偷偷告诉我，她喜欢上了一个合作方的领导。

“真的好帅，脾气也很好，从来没见到他发过火。”她说。我说：“那你可以出手哦。”她摇头：“万一被发现了多不好。”我不由得想起，她上大学的时候也暗恋过一个男生，后来时过境迁，大家开玩笑般地告诉那个男生，结果他目瞪口呆：“啥？她暗恋过我？别逗了！”

后来我在网上看到一句话：“那个人的号码躺在你的手机里，你却一次都没有打过；那个人的微博你每天都去刷一下，却没有勇气评论一条；那个人就在你旁边，你忍不住多看好多眼，却还是没有打招呼。最后你和这个人，从本来就没什么交集到越来越远，你却好意思称这些你完全没争取过的事情为‘命运’。”

大概就是这样的。

你没有真正去花时间认识和了解别人，甚至就连你喜欢他，你也没有表现出任何一点迹象，没有告诉他你的在意。你嘴里喊着想要遇见更好的人，但是你冷着脸盯着自己的手机，拒绝任何人。那么别人为什么要来爱你呢？也许别人甚至以为他是被你讨厌的呢。

学着去爱别人吧！给自己一个宽阔的角度，去迎接所有人。

亲爱的豆芽姑娘，我知道你很好，你自己也知道，但是你得让他也知道啊。

总编爆料时间：

话说今天这篇专栏写出来，编辑部的广大单身女青年们纷纷表示“膝盖中枪了”，已经有好几个崽子偷偷地跑来办公室，跟我咨询究竟是如何做到事业爱情双丰收的。对于这些人，我只能说：你猜！

闷闷**不乐**的工作狂

自从参加工作，学生时代的朋友们渐渐地消失，每当有人问我周末跟哪些朋友出去玩的时候，我都会语带调侃地回答：我没有朋友。

其实每当这句话说出口的时候，我还是难以避免地感觉浑身冰凉，因为不想让别人看出我的落寞，所以只能以调侃的方式表达。

我只有家人，没有朋友。一直以来，我都认为自己是一个真挚而纯粹的人，每一个值得相交的人，我都会珍惜；每一张虚伪的面孔，我也能够及时远离，但是到头来没有一个朋友待在我身边，不知道是该责怪命运还是要检讨自己。

有一段时间，我很想注销自己的私人微信号，因为微信的联系人一栏几乎全部都是同事、同行，每天打开微信朋友圈，看到的都是工作上的事情。

对手公司的总编说他们公司又开发了一个好项目，我会反思自己怎么就没有想到那么有价值的创意。

隔壁办公室的某某发的朋友圈好像有点情绪，我会想对方是因为工作上出了什么问题，还是因为生活上遇到了什么挫折。

今天某杂志的主编找我申请一笔资金要做杂志的宣传，我没有批准，需不需要在他今天的朋友圈内容下面点个赞，以示亲切？

我每天要从包里掏出手机不下五次，每次都要打开微信朋友圈，不管是上班时间还是晚上临睡前，大脑都被朋友圈里满屏的和工作相关的内容占据。

我感觉自己已经被朋友圈牢牢圈住了。

我曾赌气似的在朋友圈发了一条消息，说自己要注销账号，却因为公司微信管理群里会发布最新的公司消息和数据，作为副总编不能与公司最新数据脱节，微信号最终也没有注销成功。

某位对手公司的老总在朋友圈里发消息说："趁着阳光正好，去你想去的地方，看你想看的书，见你想见的人。别等将来，别等不忙，别等下次，别让一生输在一个'等'字上。想做的事，只要开始，就来得及。"

我在下面迷茫地回复了一句："害怕做了自己想做的事情，却又后悔。"

大道理谁都懂。我每天会接到很多小读者的留言，他们诉说着自己的各种苦恼，我也会给那些在QQ上给我留言的读者提出各种恰当的建议。

如果一个人要做什么，真的只是一念之间的事情，不用考虑结果如何。那么我首先会做的事情，就是带着这台买了多年，连装一个Word软件都会卡壳的手提电脑，找一个没有人认识我但是有无线网的地方待着，再用我那部老到拨号也能死机的手机，给所有认识我和我认识的人打电话，告诉她们，我终于从工作中逃出来了，我可以活成自己想活的样子，她们之前认识的那个闷闷不乐的处女座的工作狂彻底消失了。

最后我要给狮总发一条短信，告诉他，我在某个地方潜心创作，等我写出自己最满意的长篇作品，并确保一定可以得到广大读者的喜欢后，我再回来。

然后那些认识我的人，在接到我的电话后，会观望我逃离工作后会不会饿死。

而我的直接上司狮总，则会开着他的保时捷直接飙到大 Boss 家里，跟 Boss 商量公司现有的主编中谁能取代我的位置。

不管抛开一切之后，我写出来的作品能不能得到读者的喜欢，也不管丢掉好不容易获得的副总编职位之后结果如何，以我固执的性格，既然做了，我就不会后悔。但是很显然，我永远都不会做出这样的决定。

我是一个连手提电脑老化了也不愿意去换，手机不能正常使用都不舍得丢弃的人，我又怎么会拥有将自己的生活推翻重来的勇气？

我能做的，只是将自己微信朋友圈的签名从“有诗意”三个字，改成“心大一点”……

可能所有闷闷不乐的工作狂，需要的只是心大一点，不要与自己为敌……

总编爆料时间：

由于很多读者在问狮总现在的新浪微博是什么，作为狮总的“御用经纪人”，我当然得在这里大吼一声：狮总开新微博啦！据说狮总开通新微博的第一天就粉丝量涨得惊人。由于狮总经常在微博上送读者神秘的小礼物，坚持尽量回复读者的每一条留言，读者亲切地评价狮总：“感觉他是所有编辑里面最亲切的。”某调只见过耍帅的狮子、臭美的狮子、工作狂的狮子，至于亲切的狮子是什么样的，在新浪微博直接搜索“花火杂志小狮”，一起去看看吧。

哪 座城市 不会下雨

学生时代，我一直觉得长沙是一座潮湿的城市。

每次打开QQ空间，满屏的忧伤和愁苦让我有一种无法直视的感觉。

每当长沙下雨，我就觉得那雨是老天在为自己流泪。我最喜欢在下雨的时候，不打伞，脱下鞋子提在手里，一个人赤脚在学校的宿舍楼下不停地走来走去。

现在想想，那个没事就在雨里乱走的自己，应该吓到了不少的校友。

还有一次，因为感情上受到挫折，我一个人一言不发地站在宿舍楼下，一动不动，眼泪却奔涌不止。当时我那个满脸是泪、一声不吭的样子，吓得好多同学都没办法回宿舍，因为不敢从我的身边经过。

我感觉学生时期的自己一直在出演琼瑶剧。可悲的是，剧中的我是一个万年女配角，没办法成为梦想中的主角。

直到毕业多年后，当时的绘画专业课老师还在向同学打听，那个整天沉迷于看小说、写作，总喜欢在下雨天大哭的女同学，现在怎么样了。

听到同学这样转述，我更加觉得没脸见老师，平日里只敢偷偷地去母校逛一逛，看到疑似认识的老师的影子就远远地避开。

当时我在班上没有一个真正贴心的朋友。大一时我加入了学校的编辑部，那也是我大学四年唯一加入的校园社团。影子是当时编辑部的部长，也是大我一届的学长，当时他的QQ名叫“寂寞的影子”，每一期编辑部出版的校刊上，都有好几篇他的作品。

当时孤僻、自卑的我，可以说是有些偏执地崇拜这个文笔好，有成熟范儿，第一印象很像张信哲的学长。

毕业的时候，建筑专业的影子学长签了一家国企，要长期驻扎山西。学长说，因为他们要长期待在建筑工地，所以公司特批，要是女朋友也是相关专业的，可以一起带上。

当时我学的是园林设计专业，正好跟建筑相关。

我默默地等着学长开口。

然后学长说了一句：可惜，我女朋友不是建筑相关专业的，没办法带上。

是的，学长一直都是有女朋友的，我对学长的崇拜一直都是偏执的、不合常理的、一厢情愿的。

后来，学长果然长期待在了山西，他的女朋友因为两地相隔跟他分手了。

再后来，学长以每年一次的频率在 QQ 上给我留言，跟我说好怀念当时的我们。

最后，学长在一次留言里终于说道：你可能不相信，其实当时我很想带你走，一直以来，我都是喜欢你的。

往年每一次收到学长的留言，我都没有回复，因为我知道就算回复了，也不能改变什么。

但是，这一次我回复道：真好，知道当时的自己是不被讨厌的。

但是此后，学长再也没有给我留言，可能是在收到我的回复后，一直偏执地给我留言的学长终于明白，我们是真的回不去了。

不知道是因为被世界温柔地对待了，所以想对世界更加温柔；还是因为被伤害得太多，满心疮痍，无法再承受更多，所以想对别人更加温柔。

以前，我总希望被温柔对待，但如果可以重来，我更希望自己可以对这个世界温柔一点……

我要爆料：

调总果然比较有异性缘，怪不得在公司跟狮总和大熊主编的关系处理得这么融洽！不过大家不要被调总的专栏欺骗了，我才不相信她真的没有跟学长再联系了，貌似上次还看到一个男生开车来接她下班，从侧面看，那人跟张信哲神似啊……（调调：呃，你上次看到的那个人是我老爸。）

呃，好吧，原来调总有“恋父情结”。

——不夏

桃花早早开，风雨缓缓来

“桃花开得早。那样冷的雨，它们耐不住寂寞，还是开了，可是开得早就谢得早。”

这是三月的时候，我在大熊的朋友圈看到他写的心情。当时办公室外天色阴冷，忙碌的心好像一下子就被这句话给击中了，没办法动弹。

不知道为什么，每次看到大熊“欧巴”，我都会想到这句话。虽然现在已是酷暑，室外已经炎热不已，但我还是会被这句话里的美丽和残酷弄得心绪难平。

记得大熊“欧巴”刚来公司的时候，总编小狮问过他为什么会选择来我们公司上班。

大熊轻描淡写地回答：“我呀，就喜欢这里清闲。”

在旁边的我，差点没一口血喷出来。我一天到晚忙得连饭都吃不上，看稿看得一下班就脑袋“痴呆”，他竟然说太闲了？

也难怪，作为“90后”，那么庞大的家族事业都不想接手，虽然一进公司就能出任《飞言情》杂志的主编，但是一个月他也没来几次公司，难怪会觉得清闲。好几次我忙得两眼冒金星，连去厕所都是一路小跑的时候，正好撞见他从Boss办公室后面的私藏豪华午休室出来，从打哈欠和伸懒腰的动作中可以看出他刚刚去睡了美容觉，还在回味呢。

至于后面，我问他为什么编辑名叫大熊，他则一副撒娇卖萌的模样说："那是因为狮总的编辑名叫小狮，我觉得读者挺喜欢这样的，所以就按照狮总的风格，照着取了一个。你觉不觉得大熊比小狮更加'高富帅'？"

要不是狮总拦着，当时我真的要把这个年轻人给拎出公司。

跟我们这种在行业内奋斗了十多年才开始有些成绩的人相比，他真的太轻松，也太舒适了。

可是每当我对狮总说，感觉已经没办法好好管理这个下属兼后辈，其实是幕后大大Boss的人的时候，狮总总是一脸的笑："你那么不看好他，还把你最心爱的《飞言情》给他管理？"

我无言以对。

当初Boss一个电话打过来，说有个人才推荐给我，那个人在韩国，要我立马去面试。从来没有去过韩国的我，觉得招聘一个下属还要去韩国面试，新鲜得不得了，就立马买机票飞过去了。当时在机场接待我的时候，大熊帅气、乖巧到不行，我哪里会知道他上班以后这么懒散！我是担心他影响整个公司的风气好吗？

真正让我对大熊改观，是决定做《如果·熊》的时候。我记得狮总在大会上宣布要给他出这本书，以签约作者的身份重点打造他的时候，正在打哈欠的他，眼睛一下子瞪得跟铜铃一般大，整个会议中他都是坐立不安的状态。

"调调姐，真的要给我出一本书吗？

“调调姐，我真的能红吗？

“调调姐，《花火》的读者喜欢哪种类型的男生？我要不要去韩国定制一些西装回来，显得成熟稳重一些？”

…………

虽然我也很惊讶狮总的决定，但是不得不说，这种专业撒娇、卖萌，副业才是杂志主编的小男生，确实挺招读者喜欢的。我偶然翻了一下大熊的微博，就看到好多“花粉”一口一个“欧巴”叫着，但是很明显是在以姐姐的身份调侃他……

昨天，因为编辑部开大会，大熊没有出席，狮总正式给我下了通知，要我以领导的身份好好管教、约束一下这个小青年。

虽然很多人都跟我说大熊最近都很勤奋地在赶稿，来公司也比以前勤了那么一点，但是，我想，是时候让这位年轻主编知道我们公司领导的作风了。桃花开得早，肯定要经受更多凄冷的风雨……

总编爆料时间：

关于大熊背后的真实身份，总编调调经多方打探，目前收集到了以下几个版本：

版本一：魅丽文化公司背后财团大老板的独子。

版本二：魅丽文化公司执行董事长大 Boss 的表弟。

版本三：魅丽文化总编小狮的学弟，两人师承同一位导师。

版本四：韩国某电视台签约艺人。目前该艺人已经单方面毁约，韩国电视台正在想办法处理，又苦于该艺人后台太雄厚，不敢当面撕破脸。

远赴他乡，不知悲怆

老弟今年毕业了，当他说领了第一个月的工资要给我寄礼物的时候，我的心情很是复杂。

他毕业的第一份工作，一个月的工资可以领七千元钱。想当初我毕业的第一份工作，一个月才领六百元。

其实我毕业的第一份工作，就是在魅丽，在花火组。

当时投简历的时候，我做了一个新刊的策划案给小狮。后来小狮跟我说，当初我的那份策划，是所有应试者里面最优秀的。

分到花火组后，我每天的主要工作就是看读者来信，给读者回信。记得有一次，在电梯口碰到大 Boss，我因为紧张，抱在怀里那些要回寄给读者的信都掉到了地上。

然后严肃的大 Boss 跟我说，读者的信要认真看。我就紧张得一个劲地点头。

除了看信、写信，我的另一项主要工作就是看稿子。刚从校园出来的我，还不能适应这种高强度的看稿过程，觉得很疲惫。

记得有一次，我跟另外一个同一批进来的新人 A 一起去邮局，帮小狮给他的作者打稿费。走出公司大门，站在车流拥堵的马路上，我长舒一口气，说：“我觉得我更喜欢帮狮总跑腿，每天看稿子，感觉好累。”

A 就笑：“那以后跑腿的事情就让你一个人包了好了。”

现在想来，那时候的自己真是懵懂。

果然，试用期结束后，人事经理告诉我，《花火》不适合我，我可以选择转去图书部，或者直接走人。

结果懵懂的我就直接走人了，根本没有想过去图书部也是一种选择，我单方面觉得，这只是公司委婉的说法，我是要被辞退的。

离开魅丽后，我带着身上的八百元钱去了北京，还是做一本少女杂志的编辑。

而同期进入魅丽的新人 A，因为有过几年的工作经验，成功地在魅丽留下来，分在了一个女性类杂志组。

后来在网络写手群里碰到 A，她问我："一个人去那么远的地方，应该很累吧？"

其实那时候的我，懵懂得连一个人远赴他乡的悲怆都不懂，只知道毕业了就要找一份工作，不管在哪里，只要是我喜欢的编辑行业就行。

后来，我又从北京去了广州，也是在一家当时很负盛名的青春类杂志公司上班。再然后，我又兜兜转转回到了长沙。这期间我换了很多家公司，但是毫无例外，做的全部都是杂志编辑的工作。

再后来，我没想到，几年前觉得我不适合做《花火》的小狮会特意找到我，让我以主编的名义在魅丽组建自己的团队。

这一待竟然有六年了，而我也终于有机会告诉他，刚毕业在这里实习的时候，我真的被他的帅迷到了。

有时候，缘分真是一个很奇妙的东西，命运也很神奇。所以，不管起点如何，不管毕业的第一份工作是被人接纳还是被人拒绝，也不管工资是高还是低，生活总会带着你去往它想带你去的地方。生活中会遇到太多波折，选择顺其自然会更好……

总编爆料时间：

前阵子，爱丽丝陪着籽月去泰国拍《蔚然成风》的写真，然后从泰国免税店给我带了一条项链和一对耳环。我感动得哭了，我去福建玩都没有给大家带礼物，好羞愧哦。另外，我平时因为工作的事情对爱丽丝很严厉，没想到她还这么爱我。如果是我的话，早就不理这样的领导了，爱丽丝真的很“软萌”，有没有？！

这世间
久别重逢何其多

晴天给我打电话的时候，我正舒服地窝在沙发上玩平板电脑。

他说他就住在我家附近，邀请我一起出去吃夜宵。

我连忙拒绝，问我才吃完晚饭，明天行不行？事实上是因为我懒，不想出门之后回来再洗一次澡。因为没有别的安排，所以下班一回家就洗了澡，准备晚点写专栏。

第二天，我又因为一直没看手机，没有看到他给我发的信息，所以我们又错过了。

如此这般，拖了好久，我都不好再拒绝他，于是我们终于在周五的晚上相约一起吃饭、看电影。

他开了一辆帅气的大众车来公司楼下接我。相比大学认识时，他现在成熟了很多，体形也比之前胖了不少，但还是刚刚好，不会让人觉得肥胖，脸还是那么帅气。

刚上车我就问他："为什么最近这么急切地想见我？一点都没有考虑到可能会使彼此陷入尴尬的境地。"

他轻描淡写地回答："因为好久没见了。"

我盯着他看。

他终于有点不好意思，问我为什么这样看着他。

我轻声道："觉得你变化很大。"

然后整辆车里安静下来。

吃完饭，我主动付了钱，他挺不好意思的，说已经很久没有美女请他吃饭了。

我一边收起服务员递过来的发票，一边道："三年前是你付的钱，这次我付。三年后，你再想见我的时候，你再请客嘛。"

气氛一下子沉重起来，良久，他才缓缓道："原来这些你都记得……"

我当然记得，孤单的大学生涯，他陪着我围着大学的校园轧了两三年的马路。记得每次轧马路，他都会给我买我喜欢吃的零食。记得那时候的他比现在更加帅气。记得快毕业的时候，我从北京某杂志公司实习回来，参加他们班的同学聚餐，他们班上的男生、女生，一个个都非常露骨地暗示我，他喜欢一个女生很久，但是觉得那个女生太优秀，一直不敢表白。

我还记得上一次见面是三年前的夏天，也是这般淡淡地见一面，什么交心的话也不讲，然后三年又三年……

为了调节气氛，我随口道："其实按真正意义上讲，我们应该算网友呢。"

他摇头说："不可能吧。"

我就笑："你看，这些你不记得的事情，我都记得。我还记得我们刚在QQ上聊天的时候，你很喜欢发视频过来，每次聊天都要视频，你是不是觉得自己很帅呀？那时候你跟其他女网友聊天也这样吗？你还说你们学校上空每天都有好多飞机飞过，是不是？"

他点头："嗯，那时候在炮兵学院上学，后面就是一个飞机场，所以每天都能看到好多飞机从头顶飞过。后来学校搬迁，就搬到了你们学校旁边。"

我接话："所以我们就作为网友见面了，然后天天一起轧马路。时间太久了，你只记得轧马路的事情，不记得网友那部分了……"

他再次点头："嗯。"

相比三年前，他更加沉默了，但是在我面前变得从容了很多。

因为他公司临时有事，吃完饭，电影没看成，他开车送我回家。

下车的时候，他把我落车上的手机递给我，然后突然蹦出一句："你比三年前更漂亮了。"

我逗他："比大学你暗恋我的时候还漂亮吗？"

他低低地"嗯"了一声。

我没再作声，接过手机，往前走了好远才回过头，他果然还在车里望着我。我冲他扬起手里的手机，大声冲他喊："以后想我了，就给我打电话，不一定非要等三年，我可以做你最长久的异性朋友……"

虽然做不了女朋友……

其实，每次跟晴天见面的时候，我都知道是因为他想我了。每次感觉到他想我的时候，我也会很想像他这样，去见见自己很想见但是发誓从此之后再也不见的人。

如果生命中路过的那些人再也不会相见，我们是应该不顾一切地回头看看，还是继续麻木地向前走？

事实上，那些错过的人，是真的不会再出现了……

总编爆料时间：

前阵子我被狮总逼着为我的新书《十年荣光·与光同成灰》拍了一套写真，拍写真之余，发了两张上妆自拍照到朋友圈，然后就被魅丽的同学们鄙视了，她们纷纷说我要“网骗”。哼，那些说我“网骗”的人，都是在赤裸裸地嫉妒姐的美貌！

第二部分

书尽孤勇。
我在这里，可是，你又在哪里？

女人墓

这是夏天，一整个夏天。

我总是在大街上不停地走，四周的一切都呈现出一种风的形状，炎热的、夏天的风，模糊而飘忽，车流与人群，灰色的天空与大樟树，只有我是实在的个体。我扎着两条乱糟糟的辫子，穿着那条学校发的、洗得发黄的白裙子，背着上学时用的那种大红书包。

我撞了那个卖玉兰花的小贩，我似乎经常撞他，可是，他不是风吗？他是炎热的、夏天的风吧？

我讨厌玉兰花——五角钱一朵的玉兰花；我讨厌我大红色的背包——欢天喜地的大红色；我讨厌旁人一张张过分认真的脸……我讨厌的东西如此多，多过了整个夏天的长度。

我回家。

母亲尖锐而沙哑的哭喊声一下子便刺痛了我的耳膜，然而，那只是干号而已，没有泪，没有伤心，却哭得这样凄厉，简直宛若天人交战。

我的父亲在这个夏天刚开始的时候去世了。

我不悲伤，一点也不悲伤，真的，我估计母亲也是。父亲在我五岁时就不知去向，留下母亲和我在宋家这个大院子里，在众人的白眼下苦苦地撑着。半年前，他却回来了，突然想起了他在这个院子里还留下了一老一少两个女人，就像突然想起了寄放在某处的家具一样，现在他发现他需要她们了，便将她们又取了出来。

仍然是宋家那墙壁上石灰剥落的大院子，只是又多了一个可以对我们翻白眼的人，他心里不顺时，醉酒发疯时，便对我们拳脚相加。后来我才知道，在外的十多年里，他也曾风光一时，后来由于经营不善，公司垮了，情人跑了，他才回来的。

这样的人母亲怎么会为他伤心，她只是做给院里的那些老太太、姨娘、姑婆看而已，多年的寄人篱下已让她学会了谨小慎微，她生怕那些宋家人将她从这个唯一可栖身的地方赶出去。

这样气势汹汹的悲伤，竟真的让那些人不敢上前来。

我是在这个夏天远还没有到来的时候退学的，高二，没别的原因，只是厌倦了而已，厌倦了那些别人强加于你的春光灿烂、阳光明媚的日子，况且事实还远不如此。

那时我那个半路杀出来的父亲还没有去世，我刚回到家，他拿起母亲平时用的搓衣板便向我劈头盖脸地砸下来，我痛晕过去。

母亲扑过去阻止他，他一脚踹了过去。

我还是退了学，即使他的脚很有可能又会踹过来，但我坚信只有我爱的人才能伤得了我。我不喜欢他，一点也不喜欢，所以不管他怎样打我，我都不会让自己感到受伤害。

母亲却仍然能在第二天的早晨，用那个搓衣板洗他那条踹她时弃肝的裤子，在他死后的一个月里不带感情地夜夜干号。

她根本就不爱他，却希望别人看见她对他的爱，我看不起她。

我要我的人生跟她不一样，我要有不羁的生活，我要有辉煌的爱情。

我将包扔在床上，便去洗碗。

母亲走过来，说："我来吧。"

我站起身，一动不动地站在那里。

她说："你去院子里把衣服收回来吧。"

"哦。"

每次都是这样，我觉得她知道我对她的不满，她是怕我的。

我将双手在衣服上擦了擦，便走了出去。

据说宋家大院在清朝那一代还是一个大户人家，后来日渐没落。宋家大院有近半数的房屋流入了外姓人家，而宋家其他稍微有点钱的少爷、姨娘们不愿住在这破旧的房子里。于是，剩下的半数房子，大多租了出去，或者干脆卖了。真正住在这里的宋家人，除了我和母亲，还有一户，按辈分我应该叫表叔的一家人。他们一家六口，夫妻两人，有两个男孩、一个女孩，外加一个爷爷，最小的女孩年龄大我四五岁。

衣服晾在院中央的绳子上，一条条绳子上密密地晾满了各色衣裙，满是阳光的味道。

起风处，一片片落叶席卷而来。

一个松垮的纸团被风吹到我面前。

我捡起它，摊开来，一张女人的画像呈现在我面前。那是一张侧面画像，朴素而清逸的衣着，沉静无华的气韵，只是五官依旧模糊。

我将它的褶皱轻轻地抚平，贴在床边的墙壁上，第十七、第十八、第十九……这已经是第二十张了。

我经常在院子里捡到画像，听说院里住了一个男人，他老婆死了快五年，他每天都在画她。这就是十年生死两茫茫的真情吧，我喜欢这样的真情，即使我不相信。

我每天晚上会坐在漆黑的床上，靠在墙壁上那个画像中人的胸前，偷偷地聆听那个幸运女人心中的狂喜。

我休学快一年了，这期间我找了很多份工作，背着那个曾背了几年课本的书包，在这座正迅猛发展的小城市里穿过。一个星期前，不知为什么我又把那份唯一的工作弄丢了，所以今天我又要出去继续找工作。

我不关心工资的多少，只要饿不死，我都无所谓。其实如果真的饿死，我也不会有什么意见，我只是不能在人太多的地方工作。

只要在人多的地方待得久了，我就会有一种要崩溃的感觉。

洗漱完，我背着包准备出门。

她说："还没找到工作吗？"

我摇头。

她不再说话，望着我。我站着，等着她继续说话。

许是浓烟呛到了她，她剧烈地咳起来，用衣袖使劲地搓着本来就红肿的眼睛。

许久后她才说："与其在外面瞎找，不如就在院里干吧，听说那边的老陈似乎要找个帮手刷广告。"

我的心一动，想起床边的那一张张画像，陈叔就是那个画画像的人。

母亲带我去找陈叔。他似乎不在家，客厅横七竖八地立了些广告的牌子、横幅，还有一个二十来岁的男生正卖力地搅着颜料。

见我进来，他有点意外地叫了我的名字。

见我毫无反应，他说道："你不记得我了吗？马唯，六中的，坐在你身后两年。如果不是你退了学，后面一年我也应该是坐在你后面的。"

事实上，在学校的那几年我的确没认识几个人，即使认识，现在也认不出来。我忘性大，接受能力也很弱，并且社会是个很好的过滤器，它可以一下子就将你不在意、不喜欢、不想记住的东西给滤掉，然后留下一个空空的胃，让你用无限的欲望与孤独去填满它。

母亲比我更热络地说："是小马呀，我们笑眉也要在这儿干呢。你们不仅是同学，还是同事了呀，日后你可要照顾着我们笑眉一点呀。"

她简直就是一副老鸨的神情。

起初我很怀疑母亲的自信满满，后来看到的却是陈叔真的毫不犹豫地就收了我。

后来我才知道，陈叔的绘画才华只是属于孤芳自赏型。一个有着狂热的绘画热情的人，带着自己的青春和理想流浪了很多地方，然后遇到了一个狂热地喜欢有绘画热情的男人的女人，随后两人结了婚。然而男人一直郁郁不得志，之后女人死了，男人才到小城市发展。广告流行，男人就由一个清贫的艺人变成一个较具经济价值的刷广告的、机械的工人。

陈叔设计出样品，我和马唯则照着陈叔画的轮廓往里填色，操作简单，没什么技术含量。

偶尔我也会看见陈叔画其他的东西，但那是外城的画商下的订单。画商要求他画一些古代的、现代的美女图，并不是我曾看到的那种画。陈叔成了一个不折不扣的机器，以他的那些机械、浮夸的颜色为筹码，诉说着这样那样的商业信息，没有了灵性，一点都不符合这些年来我对他的幻想。

闲下来时，他也喝酒，却不过度。

母亲会认识他，也是因为他常去她的杂货店买酒。

我觉得我那耐不住寂寞的母亲，明显已为他失了魂。

马唯也不是爱说话的人。

这样一间不大的屋子里有三个人，他们却很少说话，都是一副认真工作的样子。

母亲经常送东西过来，有时是她熬的各种各样的热汤，有时是水果、冷饮之类的。每次她来都是很热络的样子，似乎在跟每个人都聊着窝心的话，却没有一个人搭理她。

她来的次数多了，我说："你的铺子还要人看吧？你以后就别来了。"

母亲脸上热络的笑僵在那里。

马唯阴阳怪气地说："宋笑眉，以前班上的人就说你这个人特别有个性，现在我才知道，你不只是对同学那样。"

我继续做我的事，头也没抬。

他又说："是别人都太疼你的缘故吧？"

我说："不，是我自己疼出来的，因为别人根本就不会疼我。"

我根本就没有她是来看我的感觉，这么多年，她或许还是有点在意我，但那也是因为我让她受了苦。她一直都觉得若不是因为我，她早就离开像地狱一样的宋家大院了。

母亲收起汤，提起袋子，恶狠狠地说：“你就这么想我走？那我马上离开，否则又被别人说我疼错了女儿。”

一直在里头刷广告的陈叔，竟一挥手在花朵上画了一个大大的长条，长条别扭地横在中央。

陈叔一挥手，将它整个砸在地上。

我和马唯深吸一口气，这可是我们弄了近两天的东西，一下子便整个裂成了两半。

母亲却反常地镇定，她说：“你们陈叔肯定是累了。是吧，老陈？”

我们都看着他。

陈叔揉揉眉心说：“你们都回去吧，今天就不用干了。”

出了大门，马唯问我：“今天下午你打算干吗？”

我答道：“睡觉。”

马唯拦住我：“怎么了？你生气了？”

我笑道：“生气？你怎么会想到用这个词？你以为我是你周围的那些小姑娘，骂一句就生气不已，哄一下就笑逐颜开？”

“那你觉得自己是什么样的女生？”

“这不是我觉不觉得的问题，我的感觉决定不了什么。”

马唯问："那是谁的问题？"

我转身怒视他："你想干什么？问这些毫无意义的问题，是想证明自己是万能的救世主，解救一切苦难的观世音吗？"

马唯说："好，那你说，什么才是有意义的问题？"

我克制不住道："有意义？你竟然在这个时候跟我讨论意义这个问题？你知不知道我的亲生母亲现在正在里面勾引一个我叫叔叔的男人？"

马唯不可思议地说："宋笑眉，你怎么把每个人都想得这么龌龊？她可是你的亲生母亲，而且在替你帮你的老板收拾残局，你怎么能产生这样可怕的想法？"

我大叫道："你不要跟我说什么收拾残局这种话！你要不要现在就跟我进去看看，看看那两个人现在在干些什么？"

一下子，我的眼泪掉了下来，身子筛糠一样抖了起来。

马唯走过来扶住我："宋笑眉，你怎么了？"

我抓住他的衣服，恳求地说："不，我不要去看，是我错想了。对，是我错了，我们离开这里好不好？我们离开。"

母亲从此没再来这里，少了她那虚张声势的热闹，工作室比以前安静多了。陈叔接了几个服装店的广告牌的设计活儿，时间很紧，两天来我们都在赶工。

马唯这几天见了我，总是投来奇怪的目光，想跟我说话却又无言的样子。

陈叔让我将架子上的颜料拿下来。我去搬凳子，马唯过来说："我来吧。"

我没理他，站到凳子上。

这时，我突然觉得头晕目眩，直冒虚汗，腹部一阵阵抽痛。

我摇晃着从凳子上下来，感觉有液体从下体像水龙头里的水一样直泻下来，大腿两侧黏糊糊的。我一下子夹紧双腿，慢步朝厕所移去。到了厕所门口，我实在走不动了，倚在门边上。

马唯过来，他看着我。

我把头侧向一边。

他蹲下身来，说："你看你的脸都白了，要去哪里？我背你。"

我摇头。

他说："别摇头了，为什么认识你以来，你一直在摇头？你什么时候才会对人点一下头呢？"

我的肚子实在很疼，于是我惨白着脸瞪他，说："我现在去投胎你也背？"

他肯定看见了我那渐渐红了大片的白色裙子，怪异地将头歪向一边，说："就是投胎我也要背你。"

他背起我。就算看不见，我也能清楚地感觉到，那东西已经顺着我的大腿流到了他的背上。

我的泪涌了出来。

到了家，他放下我，说："你……你身体不舒服就要吃药。"

我下来后，左手迅速向他的手臂划去。

他痛呼了一声。

进了家我才发现自己四个指甲上都挂着血丝，刚才那一划的确够狠的，我也不知道自己哪里来的狠劲，明明已经全身无力。

一进去，我便见母亲正跟几个妇人打麻将打得热火朝天。

我坚持将脏衣服换下，洗干净后才睡下。

这时母亲在喊："哎，我那里也有几件衣服没洗呢，那边还有昨天换下来的被子。"

我又打来清水，将被子打开，一股奇怪的气味扑面而来。

那边，几个人不甚羡慕地说："你家丫头可真能干呀。"

母亲虚应着："她呀，也就这方面听我的。"

有人说："话不能这么说，现在的丫头片子能给你做点事已经很不容易了，你还能指望她们什么？"

母亲看了一下这边，说："我也不敢指望她什么。"

我的双手被水浸得起了皱。天黑了，奇怪，腹部竟然都不会痛了。

陆续有家里人来找，那些人才渐渐离开，母亲叫着："下次有空再来呀。"

母亲收好麻将，说：“今天很晚了，还洗不完的话就明天再洗吧。”

我低着头，忽然整个人栽倒在地。

我模糊地听到母亲在喊：“笑眉，笑眉。”

醒来时，我已经躺在床上，依稀听到外面有响动，似乎是陈叔来了。

只听母亲隔着门慌张地对外面喊：“你等一下。”

然后，她急忙跑进卧室，出来时已经换了一身衣服，身上还喷了那瓶很久没用、已经过期的香水。

陈叔问：“笑眉的病怎么样了？”

母亲说：“她正在睡觉，没什么事。”

陈叔说：“那还好，我来是告诉你一下，笑眉身子不舒服，这几天就不用去了，让她休息一下吧。这孩子也够累的，也没个可以说话的人。”

接下来的对话我就听不真切了，然而不管怎么样，母亲不会错过这个机会，她会不甚凄楚地说“是呀，累的岂止是孩子”，或者关切地问着“那你呢？你累吗”。

可是，她怎么可以在这简陋的四壁之内，在几年都没用的变质香水之下，向一个四十岁的男人精力充沛地卖弄着自己那已经发了霉的风骚？

陈叔走了。母亲进来，双颊微红，兴致极高地说：“刚才你陈叔来看你了，你在睡觉。”

我靠着墙，说：“我知道。”

她“哦”了一声后准备出去，又忍不住回过头来说：“你觉得你陈叔怎么样？”

我一脸无辜地看着她，说：“你知道我背后靠着的是什么吗？”

母亲脸色大变，像个输得一败涂地的人，丢盔弃甲地离开。

我不想伤害她，只是我忍不住。

马唯来了。

母亲倚着门，笑道：“小马对我们家笑眉就是好，这么晚了还跑来看她。”

马唯不知所措地说：“阿……阿姨，我和宋笑眉以前是同班同学。”

“而且还是同事嘛，这个阿姨知道。”母亲亲切地笑着，静静地看着他的惶然。

我故意看着墙上的画像，既然是短兵相接，那我也只能保持战斗的姿态。

终于，母亲走过来，将我放在外面的双手狠狠地捉住，轻轻地笑着将我的手放进被子里，用担忧的口气说：“你看你，现在都成什么样子了，明知道自己来例假，还老是病恹恹的，也不知道照顾好自己。还有呀，那些衣服、床单什么时候不能洗，非要现在洗吗？臭了吗？脏了吗？我不会洗呀！别人也来例假，就你这么多事。”

我的手狠狠地朝画像撕去，墙上一大张画像被撕开一大半，吊在上面。

她是故意的，可是她怎么能千方百计地向他人展示她女儿的尴尬，甚至不顾自己的寒碜，就连以后再没机会见着的陌生人她都不肯放过？

她满意地看了一眼吊着的那半张画像上的女人的侧脸，以得胜的姿态离开。

马唯重重地咳了一声。

我不愿看见他的脸，于是盯着那张悬着的画像，说：“你都看见了。”

马唯不出声。

我用长长的指甲狠狠地刮着那些画像，一边笑一边说：“我的家、我的母亲、我的生活……”我转过身，马唯不知何时已经走了。

墙上满是划痕，密密的，像极了人心上伤痕的样子，中间重重地裂开一大片，悬在那里。

我问陈叔：“你说家到底代表什么？”

陈叔反问我：“你觉得呢？”

我说：“温暖、快乐、不寒冷、不受伤。”

陈叔说：“笑眉，不管怎么样，你母亲都很不容易，有一天，你会知道她是所有家庭里最了不起的女人。”

“那你的妻子呢？我是说，你一直在画的那个女人。”

陈叔一言不发。

我打量着他充满回忆的脸，这是一个饱受岁月打磨的男人，正以他的沉默、他的回忆、他的忧伤，告诉一个十八岁的女孩什么叫家。原本我对深沉的人很戒备，然而，他让我看见了那些画像，看见了画中人无边的风韵以及总是不能齐全的五官，看见了她死后仍被人牢记的幸运。

早晨，我提着几袋垃圾要出去扔。

有人叫住了我，是个女孩，留着长长的头发，笑起来斯文又秀气。

女孩说：“笑眉，不认识我了吗？我是飞燕姐呀，小时候你最爱粘着我，让我陪你过家家酒了。”

我淡淡地说：“哦，是吗？”

她就是院里住着的另一户宋姓人家的女儿。

她说：“扔垃圾吗？我顺路，我帮你扔吧！”

宋飞燕是市里某公司的接线员，她的两个哥哥都没有结婚，因为没有房子，所以她家里很是窘迫。

她喜欢看书，喜欢种花，喜欢平和、阳光的生活，看起来似乎很轻松，然而在宋家这样的环境里，即使妙笔生花，也写不出什么美丽的人生吧？

宋飞燕陆续地介绍她的一些朋友、同事给我认识，努力地将阳光明媚的生活塞给我，吃力地教我将万事归类——什么是好的，什么是坏的，什么是应该高兴的，什么是应该惊喜的。我才知道有一种生活是四方形的，里面有花草树木，有春光明媚，有分明的爱恨，有无尽的感激。

当宋飞燕犹犹豫豫、期期艾艾地将周迎风介绍给我时，我才明白为什么我这个被遗忘很久的表妹，突然一下子就在表姐四方形的生活中出现了。周迎风与宋飞燕是高中同学，宋飞燕所在的公司是他亲戚家开的，而他就是那个部门的经理。

那天有很多人，属于同事间的聚会，有人提议跳舞。周迎风过来拉着我去跳舞，他的同事们都暧昧地笑了。

我不敢细看他的脸，生平第一次遇到这样大胆的男人，只记得自己不停地踩他的脚。他的同事都一副看好戏的样子，他却能表现得一点儿也不痛。

然后有人向他敬酒，戏说他是所有男性公民的楷模。

而我的心也以前所未有的速度跳动起来，然后转身时，我看见了宋飞燕受伤的脸。

宋飞燕让我去市里的新华书店，说周迎风在那儿等她，可她去不了了。

我说："去不了了？"

"对，去不了了。"

我到达新华书店时周迎风正在翻看一本书，我叫他，他"嘘"了一声让我别出声。

他看书的样子很认真，两道剑眉不时地拧在一起，却会一下子又眉目疏朗开来，是个爱书、爱笑、爱张扬的人。宋飞燕在的话，肯定比我更合适他。

周迎风买了两本书，说要送给我。

我摇头说："我不爱看书。"

他笑道："我只是送给你，又没说一定要你看。"

我说："那你为什么还要送？"

他说："因为我喜欢呀！"

我盯着他说："我知道飞燕姐之所以接近我是因为你，只是，你为什么要这么做？”

他说：“因为我喜欢呀，我喜欢你才会叫我的老同学帮忙。”

我将书扔给他：“可是，我不喜欢。”

宋飞燕一直没问我见了周迎风后发生了什么，我知道她想问，却又能若无其事地控制住自己。

我打算将剩下的整个下午都花在宋飞燕那里，等着她来问我。

我趴在窗子上，外面种了一排月季，已经开出了大红的花朵。

我扯下窗边的那一大朵月季，说：“飞燕姐，送给你。”

宋飞燕接了过去。

我说：“这花明明是你的，可是你却等着别人送给你。你说，万一别人偏不送你，却要跟你抢呢？”

她说：“不对，它不属于我，也不属于其他人，它只属于它自己喜欢的人。”

我说：“那喜欢它的人呢？”

她没说话。我问：“飞燕姐，其实你是喜欢月季的吧？”

宋飞燕点头，然后问我：“那你呢？”

我说：“喜欢，因为它像玫瑰。我最喜欢的花就是玫瑰，太俗了对吗？飞燕姐最喜欢什么花呢？不会就是月季吧？只是恰巧它长在了这里，你才会喜欢它的吧？”

宋飞燕笑了笑：“小丫头，我不会玩什么文字游戏，但我最欣赏的花是百合，不是月季。”

我说：“相对于百合来说，玫瑰显得粗俗了。”

她说：“不，我倒觉得最不俗的就是玫瑰，它是什么样就是什么样，不会故弄玄虚。而百合一出场就用了高洁、傲然等各种面纱遮掩，有沽名钓誉之嫌。玫瑰却不需要，它是最美的，它也知道自己是最美的，才不弄那些乱七八糟的。”

我说：“我俗故我在？”

我指了指她手上的月季问：“那它呢？”

宋飞燕怔怔地将月季夹在了书本里，失魂落魄地说：“所以在玫瑰与百合之间，月季注定是尴尬的，既少了玫瑰那香艳的姿态，又缺了百合四处卖弄的风情。”

我说：“飞燕姐是把自己比作月季了吧？可是在我看来，飞燕姐才是玫瑰，只是旁人都错把玫瑰比作月季而已。”

周迎风频繁地约我。

我本来不想去的，可是陈叔那里没活儿，马唯又似乎真的被吓住了，不再主动找我说话，家里就变得更加待不下去。

我就这样每次都带着各种理由，却每次都心不甘情不愿地跟着周迎风在城里四处晃荡。或者我原本就打算去的，我只是在替自己的“原本”找理由而已，谁知道呢？我怎么可能整天面对那样的生活，而不去给自己找一点幻想呢？

周迎风真的是一个快乐的人，家里有钱，父母疼爱，工作理想。他一点都不想掩饰他的快乐，他叫我“苦瓜”，说我整天都一副苦大仇深的样子。我想苦瓜的作用就在于不仅苦自己还能苦别人，而他之所以找我，就是看中了我的苦瓜相，用来调剂一下他蜜糖一样的生活吧！

母亲请陈叔吃饭，一副乞怜的样子。

陈叔点头，母亲雀跃地张罗起来。

我拿了包，说：“我走了。”

陈叔奇怪地问：“笑眉，怎么了？还没吃饭呢，难道你不欢迎陈叔在这儿吃饭？”

我说：“不是的，我今天有事，本来就不打算吃饭。”

母亲在那边说：“吃了再走吧？”

我说：“这是你的真心话？不会吧？”

陈叔摇头：“笑眉，你怎么可以这样跟你母亲说话？”

我说：“那是因为你不知道她是怎么跟我说话的，这都是她一个字、一个字地教出来的，不过你现在知道还不算晚，只要你还没娶她。对了，你不会真的打算娶她吧？”

母亲一个巴掌打过来，她手上的碗碎了一地，我的脸上火辣辣地疼。

我捂着红肿的脸去见周迎风，他说：“苦瓜怎么一下子变成冬瓜了，还是红色的冬瓜？”

我躲开他伸过来的手，说：“是我妈不让我来见你打的我，怎么了？”

他皱眉，我发现最能左右他表情的就属他那两道眉毛了。

他说：“看来不仅是你这个小苦瓜的教养有待加强，你妈也需要改造一下。”

我说：“说对了，不仅我没教养，我的母亲也没教养，我的亲戚、邻居、姑妈、姨婆都是没教养的人，像你这种高贵的大少爷还是趁早躲开。”

说罢我转身欲走。

周迎风果然一把抓住我的手。我暗笑，是他自己选择的，那飞燕姐就不能怪我，我实在不想再在那里待下去，况且我只是用他改变一下自己的命运，我会把他还给她的。

我转过身，满脸恼怒地瞪着他：“你还想怎么样？”

他很认真的样子，说：“宋笑眉，我不管你怎么想，我告诉你，我是认真的。”

他接着说：“我以前属于那种社会上真正意义上的闲人，经常呼朋唤友地在大街上找乐子。然而有一天，我被你这个小丫头给撞了，你却好死不活地一点表示都没有，还泰然自若地保持着那种目中无人的姿态，完全不知道自己要有大麻烦了。我的一个哥们儿想要教训教训你，可你一转眼就没了踪影。

“后来我经常在街上看到你，你不知道你那时的样子有多可笑，大红的书包、发黄的裙子，还一副呆傻的模样，我每天看到你都笑得要死，后来我笑不出来了，我就知道自己是开始认真了。”

我不停地摇头：“不，你什么都不知道，不知道我的家，不知道我的生活，你怎么能随随便便判定自己的感情？”

周迎风抱住我：“我知道，我当然知道，知道你的家，知道你的生活，也知道你。听着，我已经在公司给你留了工作，就等着你去报到了。从今天起，就让我来照顾你吧！”

我想我是被感动了，甚至是被震撼了。我想用真心看看他，也想看看自己。可是我的心竟然也是假的，我眼前纷扰的竟是那面墙上的画像，上面那被撕碎的半张画像在母亲的眼前掉了下去。

最近那批货收到钱了，陈叔要留我和马唯吃饭。

他买了些菜回来，打算亲自下厨。

马唯积极响应，我才记起最近都没有跟马唯说过话，宋飞燕、周迎风的出现，让我不得不暂时忘了他。

马唯在择菜，我也去帮忙。

饭菜上桌，陈叔开心地一直催我们吃菜，马唯也陪陈叔喝了几杯酒。

我在一边看他俩猜拳，热烈地讨论一些政治问题。

我记得这是几个月以来我们三个人在一起最开心的一次。

陈叔醉了，嚷着要我看他的作品，说："我知道，笑眉你这丫头一直都看不起陈叔，觉得陈叔不配称为一个艺术家，你认为我只会刷那些垃圾。可是我告诉你，我以前可是一个对艺术很有想法的人，就像你对自己的未来很有想法一样。"

我们拦不住他，他奔进内室，撞在里面的那个从不让我们碰的大柜子上。他蹲下去，轰地一声，大柜子里的东西都倾倒出来，很多很多的画，仕女、花卉、山水、建筑，素描、图画、水彩、水粉，我从来没有见过这么多的画。

陈叔胡乱地抓起一张画，逼近我说："你看，陈叔还能弄这些东西呢，现在你瞧得起陈叔吗，嗯？"

我被吓住了。陈叔将我逼到墙角，将手上的画在我眼前不停地抖着。

见我低着头，陈叔睁大了眼睛，说："还不行？还不行，怎么办呢？没关系，这里还有。"

他转过身，又去抓了一张画，似乎不满意，扔掉，又将那些还在柜子里的画都拨开来，一边找着，嘴里一边不停地念着："不行，不行，不行。"

马唯说："宋笑眉，陈叔醉了，你还不快过来。"

我想走，却动不了。我只能睁着眼看他将自己一生的心血都践踏着、撕毁着、否定着。

马唯走过来拉我出去，快出门口时，我转过头来，看见陈叔将手中的东西都向空中抛去，然后，一张张画在陈叔眼前飘洒起来，在我眼前飘洒起来。

我们一起蹲在阳台的墙脚，看外面的月亮。

马唯指着月亮说："你知道那上面有什么吗？"

我说："不知道，也就是嫦娥、月宫之类的吧，我没什么想象力。"

马唯笑了，说道："有人告诉我那上面其实有一座岛，岛上王国里的公主爱上了一个穷小子，想要嫁给他。

"可是国王不准，请了一个巫师，将穷小子关进了另一个空间里。要进那个空间，就必须经过一扇门，而门的钥匙已经被巫师毁了。

"公主痛苦万分，日夜趴在那门上痛哭不已，后来公主的眼睛哭出了血，流在门上，成了一把钥匙的形状，公主却瞎了。然后，为了惩罚公主，国王将她嫁给了一个看林人，一直到公主八十岁寿终正寝，与看林人儿孙满堂了，她还是不肯接受看林人。她的身体最终化成一把钥匙飞到那扇门那里，插进锁孔。然后，八十岁的看林老人与那门一起消失了，而那把钥匙最终哐当一声掉在了地上。

“原来公主被骗了，巫师起先并没有将穷小子关进另一个空间，而是把他变成了那扇门。后来，公主瞎了以后，岛上的人民都来为公主请命，而国王又不愿意承认自己做错了，所以，他将公主嫁给了穷小子，但要求穷小子不要告诉公主自己的真实身份，只能以看林人的身份出现，并且给了他们一座林子，让两人像当初他们所描绘的那样安静地生活。六十年过去了，两人最终都含恨地离世了。”

我看向他：“你想说明什么？”

他不出声，缓缓才说：“别总想着远方，前面说不定就会跟现在不一样。”

他竟知道，可是他何时见过周迎风？

我有些恼怒地说：“再怎么样都会比现在好。”

我起身欲离开，今天的人都好怪，我就不应该留下来。

马唯说：“宋笑眉，你知道吗？高中的时候我坐在你后面整天提心吊胆的，一直到你退了学我才算松了一口气。”

我顿了一下。

马唯深吸一口气，抬眼望天，说：“因为我怕自己一不小心就喜欢上了你，可是兜了个圈子，在陈叔这里还是让我碰见了你。”

听罢，我飞快地从陈叔的房子往外走，仓皇不已，因为我感到自己的心正一点一点地难过起来。

我盘腿坐在床上，对着墙上的画。

母亲进来，见我又在看那些东西，转身就走。

我说："以前有男人喜欢你吗？除了我那死去的老爸。"

她呆愣了一会儿，摇了摇头。

我说："应该有吧，你长得也不算太差。"

她说："那就要问那被你贴在墙上像神灵般供着的女人了。"

我偏头看着她："你喜欢陈叔吧，那你感觉自己到底有多喜欢他？是不是因为他是唯一一个在你身边出现的适合你喜欢的男人，你才喜欢他的？"

她没说话，我看着她的背影，一派落寞。

我到宋飞燕那儿，告诉她周迎风让我去他们公司上班。

宋飞燕看着书，头也不抬，只"哦"了一声。

我说："我普通话说得不好。"

她说："没关系，慢慢就会好的。"

我说："我不喜欢说话。"

她说："那只是工作，不需要想太多。"

我一把拿过她的书，逼着她抬头，说："你真的希望我去？"

她笑了笑，喜怒不形于色。

然而我知道她一定是很在乎的，否则不会连一点的喜怒都不敢表露出来。

我也知道无论怎样，周迎风与宋飞燕才是一起的。宋飞燕坐稳了她的钓鱼台，却不能允许我在这样的院子里挣扎。

我说："其实月季才是最狡猾的，一副宽广平和的样子，最终却撇下了玫瑰、百合，早早地种进了千家万家。"

宋飞燕愣愣地说："什么？"

我将书扔给她，说："其实事情很简单，你和我都是一路货色，只是，是我错把飞燕姐这朵月季比作玫瑰了。"她不说话，我又说，"还好，这样的话我也就不用觉得对不起谁了，接下来只有靠我自己了。"

我告诉周迎风，既然把我当未来老婆养，就不要再给我安排什么工作，我要去上大学。

我从来都没被人这样喜欢过，这个喜欢我的人总该帮我改变一些什么。

周迎风答应我考虑一下。

我打开家门，听到母亲的卧室有说话声。

母亲说："笑眉问我，这辈子有没有男人喜欢过我。"顿了顿，母亲又说，"我这一生就只有两个男人，一个将我当成猪、狗，我在后面给他守着一个破败的家，我认命了，我很清楚我这里是他人生的底线，他回来的时候也就是他彻底地垮了的时候，那时他也不会是一个男人。另一个是你，我认识你快一年了，她也死了五年了，你还是想着她，日日夜夜画着她，我的女儿竟也将她贴在床头，每天让我不得不看着她，这些还不够吗？你到底要我怎样？难道也要我像笑眉那样将那个女人贴在床头日夜膜拜吗？"

母亲已带了哭腔，在我的印象中，母亲的哭都是号啕大哭的那种。现在我才明白，真正的伤痛从来都是隐忍的。

我是踉跄着跑到周迎风那里的。我从来没想过母亲的人生，没想过是因为我不愿去想，其实我早就知道自己承受不起这样的故事，连听到都不行，我还要打造我的美丽人生啊，怎么可以……

我去他的公司，他正在开会。

我不管，有什么事情比我此刻的伤痛更加重要？

一个女的拦住我，我大叫："你把周迎风给我叫来，你问问他，问问他见不见我，你去问呀。"

她被我吓住，说："那你等一下。"

几分钟后，她从办公室出来，礼貌地说："对不起，宋小姐，周经理说他还有重要的事情，让你先回去。"

她的眼里分明满是嘲弄。

他有重要的事情，他自己的重要事情，我早该清楚的。

我无力地靠着墙，双手环抱着自己。

不远处，宋飞燕从办公室走出来，她看见了我。

那个要拦我的女人看见宋飞燕，走了过去，隐约间我听到她们在说我什么。

我的脸一下子惨白，然后我飞奔出去。

我好像听到宋飞燕在后面叫我，她是想要看笑话吧？

一整天，我在街上不停地走，看起来一定像极了丧家之犬。可是，谁又能说我不是呢？

原来，失去周迎风，我就什么都不是，其实我一直都不曾拥有什么，只是因为有了周迎风才有了梦而已。

周迎风叫醒我的时候，我感觉自己的头晕沉不已。原来转了一天，我还是转到了他的住处，竟在他房门前蹲了一个晚上。

他一把拽起我，阴沉着脸，打开房门，将我扔进屋。

我踉跄了几步，斜倚着沙发才站稳。

周迎风似乎在压抑着自己的怒气，说：“你……你知不知道我找了你一天一夜？”

我说：“怎么可能？你都不理我了！”

他说：“我什么时候说不理你了？那时我在开一个很重要的会，我不是让你先回去吗？当飞燕告诉我你的神色不对时，我马上就来找你了！可是，该死的是，我什么地方都找了，就是没想到你会到这儿来！”

我却笑了，自己都感觉自己神志不清了，说：“你找我干吗？”

他瞪大眼看着我，举起手来，接下来应该是要打我了，然而他的手落在我的额头上，皱着眉说：“笑眉，你病了。”

我摇头：“你是不想回答我的问题吧？我没病。”

他说：“你看你的额头都跟火烧一样，你整个晚上都蹲在这儿吗？肯定是冻着了。”

我摇头，一直摇头，说：“你还是没回答我的问题，你是真的不喜欢我了。”

他没出声，一把抱起我就要往外走。

我挣扎着要下来，不停地捶打他的背。

到门口时我双手抓住门，任他怎么拖都不放手，说：“你放我下来！听到没有，你放我下来！”

他叹气，将我放下来。

我说："好了，既然你已经那么讨厌我，我也不缠着你，我自己会走。"

他说："你……唉，罢了，你要问什么就问吧。"

我说："你还喜欢我吗？很喜欢很喜欢的那种。"

他说："我爱你，一直都是，以后也是，没问题了吧？"

我说："好，那你亲我，你还没亲过我呢。"

他笑着说："我以前不碰你，是因为我觉得时机没到，你还太小。"

我走近他，飞快地在他嘴唇上亲了一下，说："那现在时机到了吗？"

周迎风一把抓住我不自觉地往后闪的身子，欺近我的脸，说："那你先把眼睛闭上。"

我听话地闭上眼，他深深地吻住我，令我透不过气来。

他放开了我，笑着说："如你所愿。"

是的，如我所愿。我深吸一口气，接着覆住他的唇。

我褪去衣服，他惊诧地看着我。

我看着他，冷得瑟瑟发抖，然而我现在不能胆怯。

他的脸又阴沉下来，然后他说："穿好衣服，我带你去医院，你不能再受凉了。"

我还是一言不发地看着他，突然想起母亲在陈叔面前的样子。原来，我们都是乞怜的姿态。

他已经帮我捡起了地上的衣服，递到我面前。

我接过它，穿上，说："不用了，我自己会去看医生的。"

说完我摇晃着身子往外走，在这之前我心中很难过，现在却是真的被伤到了。我感觉眼里已经蓄满了泪，一不小心就会涌出来，他说得对，我还是太小了。

周迎风抓住我的手，说："一定要这样吗？"

我说："一定要这样。"

"否则？"

"否则我只有离开。"

他发狠似的抱紧我，将我身上的衣服都撕扯下来。

我一痛，感觉身上的血都在往外流，终于有了一个很好的理由，让蓄了很久的泪奔涌出来。

周迎风趴在我身上，将脸贴着我的脸，他眼中掉下泪来，打在我头发上。他说："你一定要以这种方式留在我身边，是为了以后要离开我，对吧？"

我还是哭不出声，天花板都模糊起来，竟是两个痛哭的人。

他说："以前我看着你来去凄惘的样子，恨不得将世上的一切东西都拿来给你。"

我拼命地忍住眼泪问："那现在呢？"

他说："现在？现在我不知道该拿什么给你。"

我说："不对，你知道的，你只要让我离开这里就好。"

他说："可是你还那么小，你不会知道你真正想要的是什么。"

我说："那等我再长大一些的时候再来找你，你还给我吗？"

他说："好，等你长大了，你要什么我都给你。"

可是，现实不会是这样的，我们都知道，不然，怎么会这样疼痛不已？

周迎风真的把我送进了一所大学，自那天起，他没再见过我，都是宋飞燕在给我联系学校的事情。

去学校的那天，宋飞燕问："为什么不告诉宋阿姨？"

我说："她知道我死不了的。"

"为什么？"

"因为我不会让我自己死的。"我问她，"飞燕姐，你是恨我的吧？"

"不是。"

"那是瞧不起我？"

"怎么会？就像你说的，我们是一路货色，谁也不要觉得对不起谁，接下来只有靠自己的。"

我上了两年大学便休学了。

我以为离开那儿，那儿的一切便会自动离我远去，可是，那小城、那老院子，却日日夜夜在我心中翻滚。陈叔五年后开始记不得他以为自己会一辈子记得的妻子，所以痛苦，所以回忆。那么，两年的时间过去，我是不是早已被所有的人忘却？

谁在乎我？谁又能清楚记得我？

曾经那些自以为了不得的耻辱、愤恨、伤痛、屈辱，在别人的指间是不是就是那轻轻便能拾起，疏忽便能漏去的沙泥？

我又找不到方向了。

我开始害怕孤单，拼命地往人多的地方挤。我记得宋飞燕曾对我说过，当一个人开始害怕孤单的时候，她的心开始孤寂了。

车子经过一个个月台，我要回去了。

我都已经三十岁了，十年的时间，我还是回到了这里，然而竟连感叹的勇气都没有了。

小杂货铺还在，只是“宋氏杂货”的匾缺了一个角，已经破旧得不行。

有个小孩偷拿了一个苹果。

母亲跑出来骂道：“哪个挨千刀的偷我的东西？你有没有妈教呀？啊？”

小孩用力地将她推倒在地。

母亲尖声对着小孩的背影喊："小杂种，你别跑！哎哟，痛死我了。小杂种，你等着。"

她的头发竟都白了，我叫她："妈。"

她看着我。

我伸出手去拉她。

母亲抖着嘴唇说："回……回来了，都长这么大了。"

我苦笑："是变老了。"

母亲还是看着我，又说："哎呀，你看我，全身是土。快……快回家吧。"

母亲将铺子关了，提了些猪肉回去。

她不停地说："唉，这几年院里那几户都搬走了，就剩几个舍不得这里的老家伙，稍大声点说话都能在这里面撞出回音来。

"还记得宋飞燕吗？以前你跟她玩过一段时间的表姐呀！她呀，可出息了，嫁给了她公司姓周的经理。她家这么一走，我们可就是唯一一户还住在这儿的宋姓人家了。"

我说："是吗？"

母亲又说："还有你那个高中同学马唯，后来他去外面打了几年工，现在搞什么产品代理发了财。咱们这儿也就出了这两个有能耐的人。"

对，是出了两个人才，但没有她的女儿。

进了屋，母亲张罗着去厨房做菜，我知道她一定是去躲着哭了。她一向是难过的时候就说话特别大声，刚才一路上她那么大声地说话，一定憋得很辛苦。

我走进我的房间，它比以前我住时还要干净，墙上也没有画像了。

我不知不觉出了门，来到了陈叔住的地方。门没关，我推开门，一股飞尘扑面而来。

里面摆了些大木板，很有秩序地列着，以前在这儿刷广告的时候，这里从来都是杂乱无章的。

“吃饭。”母亲端上饭菜说。

我闷头扒了几口，又放下碗。

母亲说：“怎么？菜不合胃口？”

我说：“不是，胃有点不舒服。”

母亲说：“怎么？得胃病了？你这孩子，从小到大都这样，跟你说了多少遍，吃饭要准时，不要挑食，你就是不听，现在知道后悔了吧？”

我烦躁地说：“好了，病都得了，现在说还有用吗？”

母亲忽然噤声。

我掏出烟来，吸了一口，剧烈地咳起来。

母亲起身，说：“我去给你倒杯水。”

厨房传来很大的水流声，母亲不一会儿出来了，手里拿了一杯水。

我看着她红肿的眼说：“对不起，好久没人这么跟我说话了，我不太习惯。”

她说：“哦。”

我看着她手上的水说：“妈，我想知道陈叔现在在哪儿。”

她说：“你走后不久，他说要到外面写生，就一直都没有回来。”她又说，“有时我在想，为什么我身边的男人都要逃亡呢？姓宋的是，姓陈的也是。只是，姓宋的出去十三年，不知道姓陈的要出去多久，是十三年呢，还是二十六年？要是他二十六年后才回来，我怕我等不到那个时候了。”

我又拿出一根烟，点火时手抖得厉害。

母亲拿起桌上的火柴，给我点上烟。

她说：“在外面这些年谈朋友了吗？有没有合适的？找到还行的就结婚吧，别挑三拣四的啊。”

我实在忍不住流泪了，我的母亲啊，她把自己的心当成了战场，不停地进行着各种各样的肉搏，千方百计地给自己弄出个卑微的姿态惶惑地四处张望，最终还是缺了她要的那个结果。

母亲又说："笑眉，我知道你做梦都想离开这个院子给那些人看看，我也知道你是个好强的孩子。可是，你走了十年才回来，我差一点认不出你来了。"

我紧紧地抱住她说："那我再也不走了，我留下来陪你，我们都不离开这里。很多年以后，别人都搬走了，我们两个还一直都在这儿驻守下去，好不好？"

她笑道："妈总有一天会死的，不能陪你那么久。"

我泪流满面地说："不会的，你怎么会死，你永远都不会死的，我们要比这个院子活得还长。"

她说："那不是成两个老怪物了吗？"

我说："好，我们就做两个老怪物。"

我记起了某一个晚上一把钥匙掉下地去的哐当声。我终于发现，原来，往下掉的声音都是一样的。

你是晚上八九点钟的月亮

杜笑眉跟范遥第一次说话的时候，杜笑眉其实已经关注范遥很久了。

那时候高三文理分科，杜笑眉迫于父母的压力选择了理科。班主任让班上每个人轮流说几句话，做个简单的自我介绍。

范遥站起来，说："我叫范遥，爱玩游戏。我的梦想就是有一天能考进大学，找几个美女在各大游戏里笑傲江湖。”

全班同学都哄笑不已，众人都知道范遥是个“死革命派”，他整天无所事事，泡妞、打架、吹牛，到网吧玩游戏。而范遥则得意地挑挑眉，坐下，他是个喜欢当焦点人物的人。

只有杜笑眉没笑。接下来轮到杜笑眉自我介绍，她抬了抬八百度的黑色边框眼镜，说：“我……我叫杜笑眉，我喜欢……喜欢……”

杜笑眉有轻微的口吃，特别是在她紧张的时候，“喜欢”这个词在她嘴巴上兜转了好几回，终于吐了出来：“喜欢……范遥。”

这时班上已经乱成一团，班长程城叫得最凶：“杜笑眉在向范遥表白！哇，没看出来，平常放屁都不声不响的杜笑眉，这回竟然炸了个响雷。”

程城已经跟杜笑眉同桌两年，现在理科仍在一个班，不过这回他坐在杜笑眉前面。

杜笑眉觉得程城脸上的青春痘特别刺眼，急切地想要解释，但是越急她就越说不出来，于是就大着舌头在那儿站着，红着眼瞪程城。

倒是被忽略的范遥一下子站起来，说：“没关系，我也喜欢你。”然后又没事人一样坐下来，拿出一本电影杂志翻看。

全班同学一下子都安静下来，似乎觉得特别无趣。他们都知道范遥爱出风头，老看他这样逞能特别没意思，就好像打了个哈欠一样，烦闷，索然。

只有杜笑眉，像吃了一口苍蝇，却吐不出来。

因为学校男生太多，宿舍楼特别紧张，于是高三的男生、女生统一住在一栋楼，男生住左边，女生住右边，中间用一扇铁门隔开。

刚搬进宿舍的时候，女生们都既痛苦又兴奋，痛苦是因为以后刷牙、洗脸、洗衣服甚至是洗脚，都会被同班的男生看到，兴奋的当然是竟然和一堆男生靠得这么近。

刚开始寝室的女生都躲躲闪闪地刷牙、洗脚，一见对面走廊有男生出来，就“哇”的一声冲进寝室，探出头来看，等对面走廊没人了才敢出来。后来没过几天，大家就都豁出去了，一长排的盆子放在走廊那儿，哗啦啦的洗脚声特别清脆，洗完以后还嗖的一声将水泼向对面。

杜笑眉听说后很是羡慕，因为这当中从来没有她。她一直在教室自习到晚上十一点熄灯时才回来。杜笑眉从来都是个很乖的孩子，她家里很穷，父母告诉她必须考上一流的大学才对得起他们，虽然她知道以她的成绩几乎没可能，但是她告诉自己至少得努力。

那天杜笑眉感觉很不舒服，头晕乎乎的，勉强支撑到了熄灯。她摸索着回到寝室，倒了水在走廊上小声地洗脚，要是吵醒了寝室其他女生，肯定会得到好几句恶劣的抱怨。

正当杜笑眉埋头在那儿抠脚丫子的时候，后面传来声音：“喂，同学，在忙呢？”

杜笑眉惊恐地抬头，站立不稳，踩翻了洗脚盆，一个踉跄便摔倒在地。

杜笑眉浑身湿漉漉地站起来，扶了一下歪到一边夹得脸生疼的眼镜，透过雾蒙蒙的镜片看到范遥拼命地挤着眼睛，难以置信地看着她。

“呃，那个，同学，可以帮我开一下这个门吗？路灯在你们那边，这边光线太暗了，我看不了书。”

杜笑眉迟疑地看了看那把破烂的锁，忍着屁股上的疼痛走过去，几下就把锁给扭开了，然后看也不看范遥一眼就皱着眉头进了寝室。

等杜笑眉换了一身干净的衣服出来时，她看到范遥坐在台阶上，拿着一本《数理化高考前冲刺指导书》认真地在那儿看。

杜笑眉记得，范遥白天在课堂上不是大声喧哗就是睡觉，成绩却还是稳坐全校前三名，原来如此。

杜笑眉也拿了本书出来，坐到范遥旁边。范遥给她挪了个位置，估计在挪位置的时候，他的眼睛都没离开过那些数字和符号。原来她这么没有存在感，杜笑眉在心里酸涩地想。

侧过头正好看到月亮照在他脸上，杜笑眉看到他的下巴上有一排细密的小胡楂，青黑色的，正有茂密生长的趋势。

第二天晚上，杜笑眉草草吃了点饼干当晚餐，便找了一个临窗的座位看书。她心烦意乱地翻着课本，八点多的时候范遥终于出现在楼下。他拿了一本书，很随意地提着，漏拿的几页翻开来。杜笑眉猜测那应该是昨天晚上那本指导书，因为过两天这几科就要模拟考试了。

他先在学校的水井那里蹲下身对着水龙头喝了几口水，经过路口的白玉兰树时还一个弹跳，伸手重重地拍打了那根比他高出几个头的枝条，然后满意地看着玉兰树上的露水在身后纷纷坠落，接着消失在雪松园里。

杜笑眉坐在窗口这样看他已经有两年了，不出意外，接下来应该还有一年的时间可以这样看着他。杜笑眉白天经过雪松园的时候一直在想，这里有五个路灯、四条石凳，他会在哪条凳子上看书呢？或者在这里坐累了就换到那里，没有固定的座位？

杜笑眉每天晚上八点多的时候，就在心里比画月亮在对面山坡上升起的高度以猜测楼下的范遥是不是该出现了。偶尔，在模拟考的前几天晚上，她会装作不经意地打开宿舍楼中间的铁门的锁，然后一个人安静地回寝室睡觉。月光洒在她的脸上，她想象着门外面的范遥正在看哪一科的书，心里是从未有过的安详。

一晃眼，最冷的冬天到了。杜笑眉很怕冷，每天都会穿很多衣服，很厚、颜色很沉重的棉衣。她偶尔也会发现寝室女生怪异地看着她，她知道，自己已经是班上最丑的女生，不穿这么厚的棉衣的时候也许还不是，因为她瘦弱的身子还能有个苗条的优点，但现在完全没有为自己的丑开脱的理由了。

中午，杜笑眉跺着脚，拍掉身上的雪花，急急忙忙走进教室的时候，感觉很不对劲，好像所有人都很戒备地看着她。她渐渐地走上前，看到黑板上赫然写着——杜笑眉成为本校第一大丑女的五大理由：八百度的黑色眼镜，从来没绑好过的头发，土红色、沾了蓝色墨水的棉衣，从来没说过一句完整的话，一年都没换过的黑色布裤子。

讲台上，程城正一只手拿着黑板擦，一只手拿着一沓统计投票。

杜笑眉的脸忽地红起来，全班男生都看着她，等着她发作。

杜笑眉的舌头兜转了几圈，然后她急切而困难地道："程城……我……恨死……你了……"说完，她的眼泪唰地流下来。

门不知道什么时候被砰地踹了一脚，等杜笑眉拿下眼镜，擦了眼泪看清楚的时候，程城已经被范遥揍了好几拳。程城躺在地上，又被范遥狠狠地踹了几脚。

杜笑眉呆呆地看着，范遥的脸上竟然满是暴戾，而程城分明毫

无还击的力气。

男生都被范遥凶狠的样子吓到，不敢上前阻拦。等保卫科的人赶到时，程城已经昏迷，他被送去医院的时候，地上那摊血看得杜笑眉触目心惊。

范遥被保卫科的人架走时一声不吭，竟然看都没看杜笑眉一眼。

杜笑眉只看到他那一双暴戾的眼睛，正绝望地瞪着前方一片不确定的空白以及他突然疯长的胡楂。

程城被踢得有些微的脑震荡，得休学治疗。而范遥这个杜笑眉晚上八九点钟的月亮，被学校开除了。

杜笑眉以为那该是她对范遥最后的记忆。隔壁班的女生都在窗户外面看着杜笑眉，说："这个就是令尖子生范遥和程城大打出手的丑女生。"

似乎那天的惊吓太大，所以面对众多的指指点点，杜笑眉没有一点感觉。

高考结束后，议论终于平息了，养好伤的程城回来准备迎接下一轮的高考。而杜笑眉也不出所料地落榜，要回来复读。

这次两人不在一个班，一个在楼上，一个在楼下，杜笑眉终于可以读她喜爱的文科。

在去食堂的路上碰见程城，看着他几乎剃光了的头，杜笑眉满心愧疚。眼看就要迎面碰上，她准备好说些什么的时候，程城却已经和她擦肩而过，似乎完全把她忘记了。

算了吧，别人都不记得你了，何必自寻烦恼，杜笑眉忍着委屈安慰自己。

又是一年的冬天。杜笑眉由于对前一年的投票事件的恐惧，一直没敢穿棉衣，毛衣也不敢穿太多，只穿了单薄的秋季小外套，从宿舍楼到教室的时候下着小雪，冷得她直打哆嗦。

到教室楼下的时候，她看到一个陌生而又熟悉的背影，是范遥！

杜笑眉不知道为什么，眼泪突然就流了出来。

虽然他比以前高了许多，衣服也异于先前的装扮，但是她依旧记得他弹跳起来拍打玉兰树枝条的动作。那个动作伴着晚上八九点的月亮，频繁地出现在她这高中三年的梦里，这辈子她都不会忘记。

范遥转身诧异地看着这个挂着鼻涕、流着眼泪的女生，忘记走开。被他拍打的玉兰树上的露水纷纷掉在他身上，有几颗挂在他额前的刘海儿上，特别晶莹。

然后他看也不看杜笑眉，转身要走。

“等等。”后面的程城急切地跑过来，大声喊着。

范遥没理他，继续走。程城风一般地追过去，撞得杜笑眉的肩膀隐隐地疼。

直到雪松园的尽头，杜笑眉依稀看到程城给了范遥一大沓钱，范遥接过钱就往空中一挥，钱都散落到雪松园中间的水池里。

程城摇摇头，往回走。

当程城再一次撞着杜笑眉的肩膀擦身而过时，杜笑眉卑微的感觉更加明显，她以为自己是里面的女主角，虽然她长得不好看，但是事情毕竟因她而起，至少也该算是当事人，可是那两个男生都当她是尘埃。

杜笑眉走进雪松园，脱掉鞋子，跳进水池，一张张把钱捞起来。水池里的水很冰，冻得她浑身哆嗦。

捡完以后杜笑眉数了数，竟然有一千多，这对她来说是她一年的学费和生活费了。

杜笑眉去找程城，头都没抬，只是把钱往前递："给……你……你的……扔……水池里的……"

程城突然道："你就这么喜欢范遥？"

"啊？"杜笑眉一下子没反应过来。

然后程城很烦躁地说："算了，这些钱你拿去给他吧，这本来就是他的钱。"

"啊？"

程城说："这钱是他拿给我的，我不想要，所以你看到的只是我退还给他本来属于他的钱而已。"

然后杜笑眉拿着程城给她的地址，在城市最热闹的购物街找到了范遥。他正在给一个顾客介绍一件连衣裙，顾客让他拿着裙子在她身上比画，他将裙子撑开贴在那个女人的身上，亲昵而温柔。

范遥请杜笑眉去对面的咖啡店喝咖啡，很温柔地给她加糖，告诉她女孩子不要让自己吃苦。

杜笑眉想，白天在学校的时候他会故意表现出不真实的自己，那么现在他的温柔和安静也是假的吧。

范遥看着杜笑眉递过来的钱，愣了一下，伸手接过。杜笑眉低头，不看他把钱装进钱包里的动作。

不知道隔了多久，范遥带着笑意道："你怎么总是这么害羞啊？三年了，还是没一点变化。"

“啊？”杜笑眉突然觉得自己好像弄错了很多事情，三年了？他高中的时候就知道她了？

范遥轻描淡写道：“我家里有个小傻瓜已经喜欢你整整三年了，你还不知道？”

杜笑眉的脸一下子涨红，她想说“她也是，一直都是”，可是她的舌头来回兜转，却还是吐不出一个字。她越紧张就越是说不出话来，最后她把眼睛憋得通红，眼泪涌了出来。

范遥看着她，盯了很久，似乎在等着她说出来。

杜笑眉的窘迫与自卑无以复加，最后她无力地放弃，松了一口气，擦干眼泪要走。

范遥突然拉住她，说：“做我女朋友吧？”

“啊？”

范遥双手扯住她的胳膊，把她拉近自己，盯着她的脸，说：“你只要点头或者摇头就好。”

杜笑眉听罢，拼命地点头，动作太大，扯得她脖子疼。

范遥一把将她扯进怀里，大声地笑。

杜笑眉开始逃课，不看书，不自习，不看教室外面晚上八九点钟的月亮。

杜笑眉从学校带了一份肠粉去范遥的出租房，他说过他特别怀念学校的肠粉。

到门口的时候，她看到程城在出租房激烈地跟范遥说着什么。范遥挥挥手，示意程城不要说了，然后拿出一沓钱递给他。

程城接过钱，激动得把钱都撕破了，然后作势要打范遥。

杜笑眉冲过去，挡在范遥面前，说："程……城……你想……做什么……"

一年前的打斗仍让她心有余悸。

程城一把扯过杜笑眉，拉着她要往外面走。

杜笑眉使劲地挣脱，却苦无力气。她回头看向范遥，他竟然坐在电脑前玩起了游戏。

杜笑眉不可置信地看着范遥，然后又看着程城，一脸迷惑。

程城突然忧伤地看着她，说："杜笑眉，有比你还笨的笨蛋吗？一年前那么笨，现在还是没有长进。"

范遥仍然看着电脑屏幕，说："跟他走吧，一年前的丑女投票是我发起的，你看到他的时候，他只是在擦掉那些字和撕掉投票而已。我所说的喜欢了你三年的小傻瓜就是他。我老妈在我高一的时候改嫁给他老爸，但是他老爸在外面又找了女人，然后我老妈就在我高三的时候吃安眠药自杀了。我那样对你，只是为了报复而已。"

杜笑眉闻言，看着程城。

程城突然露出忧伤的表情，说："我以为这样守着你就好，但是你为什么总是那么笨呢？”

范遥突然不耐烦地说：“你们要谈情说爱，找个没人的地方，我这里等一下还有一个美女要来呢。”

杜笑眉挣脱开程城的手，冲到范遥面前，看着他。

“为……为什么？”

范遥突然暴戾地站起来：“哪有什么为什么，你以为我会喜欢你这么丑的女生？”

杜笑眉的眼泪纷纷往下掉，然后她固执地看着他：“为……为什么？”

范遥突然软下来，沉默地看着她。

程城也看着她。

杜笑眉感觉全世界的人都在等着她说，说啊，杜笑眉，你连一句简单的“我喜欢你”都说不出来吗？

她终于还是放弃了，她清楚地知道自己越紧张的时候越是不能表达，这么没用，哪里配喜欢范遥，而且还那么丑！

杜笑眉冲了出去，一个人在大马路上晃荡，她这才发现手里还提着肠粉，程城一直跟在后面。

这时竟然已经是晚上九点，有清冷的月亮以及雪花。杜笑眉找了个商店门前的台阶坐下来，打开塑料袋子，夹了一口肠粉放嘴里，眼泪掉到肠粉里面。

程城在她旁边坐下来，说："笑眉，不要恨他。我爸早已经在范阿姨死后跑了，我不要他的钱，那是我自己觉得愧疚，这一年其实我都在用他在外面打工赚的钱。让你做他的女朋友，其实他也只是想刺激我向你表白而已。他这么做，都是想对我好，他只是习惯在自己心里柔软的时候冲人张牙舞爪。"

杜笑眉抬起头，嘴里都是肠粉，咽不下去，吐不出来，抽泣着，道："原本……原本阶梯……旁边坐的……是……"

杜笑眉突然特别痛恨自己的口吃，从来没有这么痛恨过，比不能对范遥说"我喜欢你"时更痛恨。

望了望天上的月亮，杜笑眉哇地一口将肠粉吐出来，吐得撕心裂肺，吐得肝肠寸断。

他们都有故事，他们的故事原来真的与她无关，可是有谁知道她那晚上八九点钟月亮的故事？

其实她也想说出来。

杜小芽的内衣坊不要哀伤

读书的时候，寝室的几个哥们都知道李惟喜欢杜小芽。每次在学校碰到杜小芽的时候，李惟的哥们就把他往杜小芽身上推，这时杜小芽都会疑惑地看着他，看着他枯草般蓬松的黄色头发皱皱眉头，然后继续往前走，依旧一副神游太空的样子。李惟发现每次看到她，她几乎都是心不在焉的，他很想知道对于她来说，除了掉了内衣这件事外，还有什么可以让她惊奇又紧张。

杜小芽比李惟高一届。杜小芽毕业离校那天，李惟远远地看着她拖着皮箱慢慢走出学校，然后他转身拉住旁边经过的人就是一顿狠揍，结果挑起了建筑系和艺术系之间的一场群架。李惟拖着满是伤痕的身子回到寝室，躺到床上，眼泪突然顺着眼角掉下来。他在心里暗暗发誓，以后要是爱上什么人，绝不让她离开自己。

毕业晚会上，大家都喝得烂醉如泥。李惟开始躲在沙发角落哭泣，不停地叫着杜小芽的名字。班上早就流传李惟一喝醉就会哭，而且还会不停地叫一个女孩的名字的事情，可是全班一起看到他这样还是第一次。

沉默寡言的李惟竟然是个如此真性情的人，班上那些毕业后分手的情侣们很受触动，不禁唏嘘。有个同学突然站起来，说他知道杜小芽在哪儿，他上次去山西一家建筑公司面试时，负责接待的就是杜小芽，面试他的经理还说她就是比他们早一届毕业的师姐。

李惟放弃了留校的机会，和那个同学交换，去了山西的建筑公司。公司在山西很偏远的郊区，李惟再次看到杜小芽，她负责项目资料的收集和预算，还是和以前一样，一副淡漠又心不在焉的样子。项目负责人介绍说这个是新来做设计的小李，杜小芽点点头，然后就去别的地方看员工施工了。她比以前瘦了，脸上的颧骨高高凸起，显得眼睛更大、更加空灵。即使每天待在工地上，她还是坚持穿高跟鞋。

每次杜小芽从工地离开，施工人员就开始谈论她跟公司老总的风流韵事。他们说老板娘在老总办公室发现了杜小芽的内衣，然后立马去杜小芽的办公室，当着所有同事的面甩了她几个耳光。大家就老板娘如何知道那内衣是杜小芽的问题展开了激烈讨论，最后讨论的结果是，杜小芽每次洗完内衣都会将其挂在窗户上面，而她住的地方，就是工地西南方不远处建筑队临时搭建的小平房，每次大家上工的时候都要经过那里，何止老板娘知道她的内衣是什么样子，公司所有员工都知道她的内衣是淡粉色的。

整个秋天，李惟都在几米之外看着杜小芽。山西的秋天开始寒冷，半夜的时候风在工地上旋转着发出呼呼的响声，就像一辆大卡车从中间开过一样。李惟已经穿上很厚的棉衣，戴着手套，杜小芽还是穿得很单薄，淡紫色的针织衫，淡蓝色的紧身裤，足足八厘米高的鞋子。李惟可以确定她青黄的脸色是因为不吃饭和天气寒冷，每次他都想过去把外套披到她身上，可是看到她倔强的嘴角他就退却了，他很想知道她的心灵被什么压制得如此冰冷。

晚上李惟躺在床上睡不着，公司安排设计和项目负责人跟施工人员住一起，旁边的工人不时将腿搭在他身上。他有点不适应，只好起床，出了门，站在冷风里看着杜小芽住的平房，很晚的时候那里还亮着灯。李惟一边猜测她正在做什么，一边艰难地点上烟。自从来到这里，他开始学会抽烟，并且烟瘾一天比一天大。

有一天李惟没看到她的房间亮灯，猜测她已经睡着了。冬天来了，工地上到处弥漫着冰凉坚硬的冷空气。当他抽到第二包烟的时候，她的房间突然亮起灯来，然后那边陆续传来压抑的哭泣声。

李惟进去的时候，看到杜小芽躺在地上，手勒紧肚子，剧烈地抽泣。她头发散乱，因为已经痛哭很长时间，她的脸显得浮肿。李惟把她抱上床，担心地问她是不是肚子不舒服，要不要看医生？

然后他看到了桌子上的堕胎诊断书，日期是一个星期前。

杜小芽狠狠地甩开李惟的手，用被子蒙住整个身子，继续大声地哭。李惟明白，她的心被伤了。

第二天下了很大的雪，雪花在满是钢筋、水泥的工地上飞扬。下雪了，地滑做不了工，看来这几天都没事情做了，有人兴高采烈地搭了麻将台子嚷着三缺一。杜小芽在门外面盯着李惟，示意他出来，然后他跟着她进了公司单独给她搭建的临时平房。

杜小芽将李惟昨天放在她那里的外套扔到他面前，然后冷冷地说："我知道大家都挺喜欢你的，觉得你热情，对别人好，可是有些人是不习惯跟别人太亲近的。"

李惟点点头，拿了衣服转身出去，然后听到背后的杜小芽大声地哭泣。

渐渐地，李惟也很少说话，一到休息时间就沉默地坐在建筑的最顶层，看一群群麻雀从不远处的树林飞出来，落在旁边几棵树冠很大的茶树上。这栋建筑是做教学楼用的，李惟想象明年的春天工程结束了，会有一群群大一的学生带着惊奇、稚气的神色从茶树边经过。茶树上开着大朵的粉白色的花，有些凋落下来，缤纷落了一地。

李惟就是大一的时候在茶花树边第一次见到杜小芽。刚脱离填鸭式教育的李惟固执，稍微有点自闭，因为长得太高，走路的时候总是习惯稍稍弓着背。然后一团粉色的物体从女生楼上掉下来，伴随着楼上一声尖锐的惨叫，那团物体直直挂在了李惟面前的茶花树上。李惟看清楚那是一件女生的内衣以后，脸迅速蹿红，急急走进宿舍的转角。他看到一个穿着宽大的男式T恤充当睡衣的女生跑下来，她脚上穿着一双大红的拖鞋，小心翼翼地看看周围，确认没有人以后，迅速地扯下茶树上的内衣，然后以飞快的速度上了楼，楼梯间发出沉重的脚步声。

想到这里，李惟忍不住嘴角扯出一抹笑意。

不知道什么时候，杜小芽站在了他旁边，她的脸被冻得通红，头发上满是雪花，看着下面的人大声吆喝着打麻将，她说："你跟我是同一所学校毕业的吗？"

李惟点头，烟灰掉在手上。

杜小芽突然侧过身看他，很认真的样子，说："我这样的性格是不是很不好？"

李惟觉得杜小芽表情凄凉，他摇头，说起在学校的时候每次碰到她，她都是心不在焉，对任何事情都无害的样子，那么纯真而美好。

杜小芽惊讶地说："原来那个黄毛是你！你怎么会在这里？"

李惟突然很想告诉她，他是因为她才会来这里，因为她把自己关在冰冷的世界里，所以他也把自己关起来，让她知道有人跟她是一样的。

可是杜小芽没给他机会，她很快就说她已经辞职了，明天就会离开这里。

第二天，李惟帮杜小芽搬东西上车。她拖着一个小小的皮箱，然后指着那个大大的衣柜，说她要带走它。李惟点头，将衣柜背在身上，他的背部被柜角撞得阵阵生疼。出门的时候，他看到工地上所有的员工都站在外面，老板娘穿着一身黑站在最前面，见他和杜小芽出来，冷笑道："肯为你卖命的男人可真多，哭着喊着要生下的小孩，也不知道是谁的种？"

"肯定是我家陈泽的。" 杜小芽说得面不改色。

老板娘大骂她"贱货"，然后扑过去揪她的头发。杜小芽站立不稳，摔在地上，嘴巴被石头磕出血。其他人也扑过来，李惟背后的衣柜被砸在地上。哐当一声，柜子散架，里面挂满的内衣都掉了出来，沾满黄泥。

李惟扑过去覆在杜小芽身上，替她挨了拳头。杜小芽哀求地看着李惟，让他走开。李惟沉着脸将杜小芽抱得更紧，不让她受到伤害，直到她的眼泪掉出来。

不知道什么时候，李惟醒过来，看到披头散发的杜小芽将地上的内衣捡起来，他才发现自己躺在一堆内衣上面。杜小芽用手擦擦仍在流血的嘴角，说："我背不动你，只能往你身下铺内衣，这样你就不会那么冷了。"

她又说："我不忍心把这些弄成一团放到袋子里，所以就想把整个柜子都带走。你看，这么多，我是不是应该开个内衣坊？

我毕业一年，所有的工资都用来买内衣了，他说我买的内衣总是最美的。

“我高三的时候认识他的，那时候他刚刚大学毕业。然后我就考去他读过的大学，学他从事的专业，进他的公司上班。是我先遇到他的，我已经沿着他的脚印走了那么多年。”

杜小芽走后，李惟也递了辞职信，可是没有批下来。老板陈泽亲自来工地见李惟，对李惟说：“对不起，让你受委屈了。”陈泽比李惟想象中年轻，笔挺的西装和白得耀眼的衬衫让他看起来精神锐气。

李惟摇头：“不要跟我说对不起，我是真的想离开，因为让我待在这里的理由已经不存在了。”

陈泽沉吟一会儿，说：“这个工程竣工以后，大同那边还有一个工程，到时候你就去做总负责人。至于工资，你说个数就行，我要是皱眉头就不是陈泽。”

李惟摇头：“我以前对自己发过誓，从此以后不再让我爱的人从我身边走开。”

陈泽突然一拳击在桌子上，说：“你去找她又如何？在你说这话之前，她甚至都不知道你是谁。”

“不，以后她就会知道。既然她能那么固执地爱着你，我也可以那样执着地爱着她。”

陈泽摇头：“不对，你找不到她，因为我不会让她从我身边走开。以前不会，现在也不会。”

李惟真的找不到杜小芽，她说她在火车站那儿等他，可是他找遍了整个火车站都找不到她。李惟疲惫不堪地在火车站的进站口坐了三天三夜，还是等不到她。

李惟在山西开了一家内衣店，名字叫“杜小芽的内衣坊”，由于投入的成本高，款式特别，所以三年下来，渐渐家喻户晓。

终于有一天，杜小芽找进店来。那时已经初春，天气开始暖和，可杜小芽穿着很多的衣服，戴着满身的首饰，俨然一副贵妇的模样。李惟想起以前即使是冬天，杜小芽也坚持穿很少的衣服，冰冷的杜小芽才是李惟喜欢的样子。

杜小芽说，她怀孕了，这次陈泽要她把孩子生下来，他很想要这个小孩，他已经跟那个没有生育能力的老婆离婚了，她和他过几天就举行婚礼。

然后她冲李惟笑道：“你给我选一件最漂亮的内衣，我要在婚礼上穿。”

出门的时候，杜小芽看着李惟，说：“你不是一直在等着我吗？你为什么不挽留我？”

李惟愣住了，看着杜小芽倔强、瘦弱的背影，心中突然涌入从未有过的难过。不知从什么时候开始，他心中甜美可爱的杜小芽，已经变成一个这样尖锐的女子。

三天后，杜小芽发短信过来，说："是不是我欠你太多，所以上天才让我如此不幸福？可是，我以为你是上帝给我的补偿。我与陈纠缠了那么久，我以为我应该幸福了啊。

"我现在在医院，我的孩子没了，医生说由于三年前的流产，我以后都不可能把小孩顺利地生下来了。"

第二天，李惟没有开店。他一个人把内衣都取下来，像三年前杜小芽所做的那样，把它们都铺在地板上，然后躺在上面，让窗户外面的阳光照在自己脸上。

对面的电器行展出的一排彩电都在放山西电视台，里面的新闻主持人说："今天凌晨三点，本市西南方郊区一栋正在建设的建筑上，有一名女子从十一楼跳楼身亡。该名女子姓杜，跳楼前曾将一大袋内衣从楼上扔下来，就像制造了一场规模宏大的内衣雨。"

李惟突然转过身，将脸埋在一地的内衣里，眼泪不可遏制地流下来……

哭墙

那年他十六岁，是正要从男孩蜕变成男人的阶段，然而无论怎样的过程都需要一个起始点或者是导火线。那年初春的某个下午，便是那个起始点。那时是初三，小瑕跟他同桌，黑黑瘦瘦的他看起来小小的。小瑕倒显得健壮一些，他经常被小瑕欺负得眼泪鼻涕直流。要中考了，老师每天都会发下一大摞复习题。离下节课还有十五分钟的时候，小瑕泪眼汪汪地看着他说，她忘了带昨天数学老师发的试卷了。其实数学老师一点都不凶，是刚毕业的年轻老师，按理来说，小瑕一节课没带试卷也没事，只是小瑕喜欢帅气的数学老师很久了，她不容许自己在数学老师面前表现出一点点坏学生的迹象。于是，他被小瑕连求带赶地逼出教室，小瑕要他跑到她家去帮她拿试卷。

小瑕家离学校不远，他每次来学校都要经过她家。从村子那条大马路走过去，有一条窄窄的巷子，巷子里铺着翠色的石板，两壁长着青苔。他一进入巷子，便有一种湿凉的感觉，却又不是那种单纯的初春的湿凉。巷子的尽头便是小瑕的家，一眼看去，那巷子似乎就是另一种形式的走廊。小瑕给了他钥匙，说她父母都在外面，不会回来的。他开了门进去，一眼就看见院子里的丁香树，郁郁葱葱。

他不知道自己怎么会一直往里走，有人牵着似的。他在一扇门前停了下来，里面有哗啦啦的水声。他推开门，一幅氤氲香艳的画面展现在他面前。满是腾腾热气的房间里，立着一个湿淋淋的女人，她正将蘸了热水的毛巾放在脸上，仰着脖子，任水从脸上、脖子上往下流。他感觉自己身上的血都冲往脑门顶，脑子里混沌一片，像正冒着气泡的岩浆，只能圆睁着眼看着。直到感觉到脚底湿滑，他才猛地发现屋里面的水流了一地，他穿的布鞋几天前就被他踢得鞋底穿了洞，现在里面已浸满了水。像一个做错事的小孩，他忙不迭地往外跑。进了巷子，他急急扶住墙才没摔倒，下意识地用手摸脸，才发现自己流鼻血了。他没有回教室，而是在学校后面的山坡上坐着。整整一个下午，他都惊惶不已，鞋子用脚指头一压还能泛出水来。他不清楚自己怎么了，然而，他清清楚楚地知道是有什么不一样了。

他开始长痘痘，成片成片地长。他也开始长高，初中毕业时他已经是班上最高的男生了。自那天起，他开始躲着小瑕，他怕她。小瑕依旧对他颐指气使，只是多了份女孩子被人喜欢的矫情。他开始注意到村里的人对小瑕父母其实很刻薄，茶余饭后说的都是小瑕爸爸的那些破事、小瑕妈妈的俏丽风骚。他还没见到过小瑕的爸爸，或许是以前见过但他忘记了。自从他有意识地想要见小瑕的爸爸，就没能见着了。他知道小瑕妈妈原是北方人，离这里好远。他有几次在村里见到她，他的耳根便红了，待她渐渐走远才敢转过身去看她的背影。她衣着朴素，遇人也很少说话，无从想象风骚之说是如何传出去的。可是无论她穿得怎样厚，他一见她，便想起那天的情景。

小瑕其实长得很普通，一点都没遗传她父母的良好基因，却天生喜欢在人前卖弄她小姑娘式的拙劣的风情。学校那些无聊的男生见到她就远远地吹口哨，她将这些归结为他们喜欢她，故而那两根她妈妈给她编的羊角辫翘得更加厉害，她也更加爱张扬了。中考之后，小瑕高傲地宣布：除了他高明亮之外，她要与班上的所有人断绝联系，老死不相往来。

他问小瑕：“为什么？”

小瑕仰着头，果决地说：“累！那些人都没有脑子！”

他感觉有点受宠若惊，虽然小瑕在班上人缘不好，基本上愿意与她亲近的只有他，但被她区别对待，也是很不容易的。

然后他们上了高中，他与小瑕进了市里同一所学校的同一个班，小瑕还是“买”进去的，她的成绩一向很差，然而据说她完全可以进市重点高中，只是因为他考到了这里，她才会来这所学校。这话他怎么会信，以她的性格，她肯定不会进那种重点高中，她之所以看中这里，大概是因为这里能让她玩、让她疯吧。他和她都寄宿，因为学校离家太远，高中又没有星期六、星期天，一个月只放两天假，称为月假。

小瑕连放月假也不愿回去，经常要他给她带这样或那样的东西，他开始频繁地进入那条巷子、那个家。起初他只是闷声低头接过小瑕妈妈递过来的东西，然后提着就跑。后来，小瑕妈妈硬拉着他要跟他说话，询问他：“小瑕为什么这么久还不回来？”还说，“你这孩子怎么这么心急呢？”声音是妈妈辈普遍具有的那种粗犷，听着却不像她们说得那么刺耳，而且她脸上充满着焦心与担忧。然后他竟也不怕了。起初在他心里，她只是一个空的，被炽热、躁动地渴望着的，令他敬畏的壳，现在这个壳里被那粗犷的声音、焦虑的脸充斥起来，是一个具体的人。这样，他就可以将她当作一个普通的中年妇女看待，似乎也没什么不一样的。也正因为这样，少了背后的那个影子，他才有机会以另一种形式来看待小瑕。

那时同寝室的男生总是拿他与小瑕开玩笑，而小瑕又属于那种易被别人谈论的女生，就算别人不谈论她，她也会千方百计地引人注意。而他，从进入学校开始，就以个中老手自居，现在别人一挑拨，便无遮无拦起来，所以导致谈话内容多少有点过火。其实在他心里，他还是认为小瑕属于那种单纯的小女孩，只是她的虚荣心强了点，性格也确实坏了一些。再然后，他发现小瑕长得其实蛮好看的，鼻子尖尖，下巴尖尖，个子小巧，有点古典美女的气质。

而且，她脸上从来不长痘痘。他觉得自己似乎喜欢上她了，面对她的时候特别温柔。小瑕依旧一副矫情的模样，坚持一段时间后，感觉还是不对，就只好作罢。

小瑕最近经常逃课回家，听说她那个常年在外的爸爸回来了。

从家里回到学校后，小瑕很开心地拉着他，说她爸爸给她买了好多的东西，说她爸爸对她很好，眼里全是崇拜。然后她又逃课，再回来时眉宇间多了一丝忧郁，问她为什么她又不说。

小瑕拉着他到学校后面的雪松林坐着，对着水池里的倒影不出声，他就陪她坐着。小瑕沉默了一段时间后，玩得更加疯了，四处招惹男生，衣着更是光鲜亮丽，越穿越露。以前的她还是小姑娘样地卖弄，现在竟脱胎换骨，完全有了一种风尘女子的艳丽。他却认真地做起一个好学生，开始对课本感兴趣。高二以后，他理科方面的天分显现出来，成绩跳跃式地往上赶，高妈妈脸上开始露出欣慰的笑。他也结交了几个成绩优秀的朋友，这才发现在这之前自己错过了很多人世间的温情。

小瑕又开始让他去她家帮忙捎东西，当然，带的东西大多是钱，小瑕的消费水平很高，几乎是他的两倍。那天下着瓢泼大雨，他打着伞站在马路边等车，手里拿着一本袖珍的英语字典在背单词。

“小明。”身后有人叫他。他转过身去，看见远处缥缈的水雾中，一个白影踉跄着向他走来。是小瑕的妈妈，她赶得太急，白裙子上面溅满了黄泥，她的头发全湿了，还有雨滴不断地砸在她脸上。他已经很高，所以她要仰着头看他，雨水就顺着她的脖子往下流。他一下子掉进了十六岁那年的那个氤氲香艳的下午。

小瑕的妈妈难为情地苍白了一张脸，笑了笑，说：“刚才在窗子那儿看见你，怕你上了车，我来不及带伞。”他下意识地伸出手，想用伞遮住她，又停住。

她伸出一只手在他面前打开，是一沓五十元、一百元的钞票。

她说："这个麻烦你带给小瑕，她应该又没钱用了，她不会照顾自己。"雨水打在钱上，她的眼里全是落寞。很奇怪，他脑海里闪现的是那天的场景，却没有自那天开始并持续了近三年的躁动和炽热，而是满心怜悯。

然后高三。他选择理科，小瑕则进了文科班。他的理科成绩已经非常好，只是英语依旧不行，而小瑕已经在各个学校都非常有名。她竟然真的变得漂亮起来，和她同寝室、本来长得比她好的女生也败下阵来。小瑕已经精于此道，用自己的惯用伎俩将别人好的东西一点点摧毁。学校新调来一位校长，一副雷厉风行的样子，发誓要将学校整顿一番。他招了一大批新教师进来，说是要调整机制，引进一批新的教学制度。旧的教师被换下来，小瑕那个班换了新校长的贴身亲信做班主任，据说新班主任与新校长一样，擅长运用铁一般的手腕和政策，都是擅于改革的人物。

嘈杂的学校一下子死寂起来，平日最为吵闹的食堂也只有压抑的喧哗。只是小瑕依旧到处疯闹，他说了几次她都不听。

有一次，小瑕神秘兮兮地对他说："高明亮，你知道今天有人问了我什么吗？"

他懒洋洋地问："什么？"

小瑕似乎憋了很大的劲，才说："他问我还是不是处女呢！"说完，她笑得前仰后合。

他冷眼看着她乐不可支的样子，说：“那你还是不是呢？”

她一下子僵住了，挥手想要给他一个耳光，他早有准备地避开了。她又欺上前去扯住他的衣服，将他往下拉，掐他的脸，扯他的头发。他一直任她打，被打得鼻青脸肿，然后她的泪涌了出来。她低垂着头，不让他看到，眼泪一滴一滴掉在地上。他伸出手想接住它们，又颓然地放下。

有个叫陈大富的毕业生，经常聚集一批“社会渣滓”到学校转悠，并时不时地让班上的何方叫小瑕出去玩。自那天起，小瑕就没再跟何方说过话，可是他清楚地知道，小瑕整天都跟陈大富他们混在一起。那个陈大富他见过，是个危险人物。

然后新班主任找到了他，很多东西他懒得听，只是最后那句话他听得清楚，新班主任说：“我知道你和张小瑕自小就是玩伴和同学，你忍心看她继续这样下去吗？她一个小女孩，迟早会被别人欺负的。”

小瑕妈妈也说她不会照顾自己，于是他说：“她几乎每天晚上都会出去，你问一下她们寝室的人就会知道。”

新班主任会意地笑了。

那一年的那个晚上，整个学校1993到1995届的学生都会记得。学校大门口，起先是一个小巧的身影机灵地溜出去，然后倏地聚来几十个老师，人手一只手电筒，领头的校长一声令下，便将铁门给关了，再一齐关了手电筒。此后是安静的夜，学校的学生、教师家属都没睡，只要有窗户的地方，便挤满了人头。大家伸长脑袋往外张望，即使外面也是一片茫茫黑暗。只有隔壁农舍的狗在惊惶地吠，不久它们也安静下来。夜凉如水，万籁俱静。

午夜两点，天还是黑黑的。校门外的马路上渐渐有脚步声传来，一前一后，很急，似乎是在奔跑的样子。渐渐可见两个身影，后面的在追赶前面的。然后赶上了，后面的扯住前面的人的衣服。前面的厉声喝道："陈大富，你到底想干吗？"是小瑕的声音。

陈大富高声笑道："你说我想干吗？你这样的人，我还能对你干吗？"

小瑕扬手想要扇他耳光，被他一把抓住。小瑕气急败坏地说："你说过不会对我怎样的。"

陈大富狞笑："不会对你怎样？臭丫头，这些天你用了我多少钱？刚才碰你一下都不行，你竟在我的兄弟面前甩了我一个耳光，让我在我兄弟面前没面子，今天我非制服你不可。"说完他将她推倒在地。

小瑕吃痛，吓得流泪，恳求地说："我求求你放过我好不好？我真的还没做过，你放过我好不好？"

陈大富扯她衣服，说："臭女人，你还装什么纯情？"

校门那边开始有响动声。陈大富吓得怔住，小瑕趁机一脚踹过去。陈大富痛呼了一声，顺手一扯，将她外面的衣服撕裂开来。小瑕起身，奋力跑向大门，铁门锁了，她趴在门上哭着使劲地敲。先前在暗处的老师们都已站在了门边，齐刷刷地打亮了手电筒，隔了门照在她身上。她下意识地急忙扯过被撕开了的衣服遮住，一会儿衣服又掉了下来，她又扯，坚持着。她猛地抬头，突然发现手电筒还照在她身上。她怔住，忘了哭，头发凌乱地披散下来，衣服凌乱地掉下来。后面的陈大富早就溜走了。

小瑕被开除的事情成了学校的热点话题。上晚自习，周围一片都是议论着小瑕的叽喳声。他收了书本回寝室，何方庞大的身影挑衅地拦在他面前。班上的同学都深吸一口气，要知道何方可是很会惹事，也很会闹事的那种人。他却从何方旁边擦过去，全然一副忍让、没了棱角的样子。他听到后面何方阴阳怪气地说："告密者！叛徒！"

小瑕回去的第二天，他在食堂吃饭的时候，小瑕妈妈踉跄着跑过来，她焦急地说："小明，你看到小瑕没有？"

他摸不着头脑地说："小瑕？怎么了？"

小瑕妈妈却已奔出了食堂。他跟在后面，看着她在整个校园里急急地四处奔找。然后他们到了女生宿舍楼下，看见小瑕正要下楼。

楼上一床被子被扔下来，掉在小瑕面前。小瑕蹲下去，将它抱起来。

小瑕妈妈跑过去，一把将它打在地上。

小瑕无辜地说："妈，那是我的被子。"

小瑕妈妈扯着她要走，她便蹲在地上。小瑕妈妈就抓着她的手拖走她，一副凶悍的样子。这时，女生宿舍楼和对面的男生宿舍楼都站满了人。小瑕一路蹲在地上尖声叫着，小瑕妈妈竟也一路拖着她。

他走过去："张阿姨，还是让我来吧。"小瑕妈妈像没听到一样。出了校门口，小瑕妈妈忽地放下小瑕，小瑕重心不稳，一屁股坐在地上。

小瑕妈妈靠在墙上剧烈地抽泣起来。他这才知道，这之前的两天要不是小瑕妈妈看着她，她早就回来了。她不记得那天发生的事情，刻意将它们全部忘掉，依旧是一个干净、机灵，让别人嫉妒的小女生。

晚自习，校长进来，说："我想文科班张小瑕的事情大家都已经很清楚了，张小瑕被称为我们学校的交际花，严重影响了我们学校的形象。"

他猛地拍了一下桌子，阴着脸站起来。

校长严肃地说："高明亮，你不要以为你成绩好，就可以用这种态度对学校领导。我知道你在她身上得到过不少好处。"

他顺手操起椅子走过去，双眼涨得通红。

校长冷笑，大声喝道：“你敢！”

他毫不犹豫地将椅子猛地砸下去。班上的女生发出尖叫声，校长的笑僵在那儿，来不及收回，头汩汩地流血了。

他在劳教所里待了四个月后被放出来，那时高考已经结束了。他是走回去的，因为司机见了他的光头，都知道他是从哪里出来的，不愿意停车。进了村子，他一路上就听到有小孩在唱：

张家的丫头上学堂，
高家的小子进牢房。
张家的丫头卖笑脸，
高家的小子放牛羊。

有大人见了他，赶紧将自家小孩拉回去。

到家门口，母亲在砍柴烧饭，见他回来，一下子站起来，说：“回来了？”说完又用手抹泪。

他赶紧过去，关心地问：“怎么了？”背后却被重重地打了一棒，是父亲。

粗粗的棍子雨点般落下来，父亲说：“你还有脸回来？你还有脸回来？”

他避着退出去，撞到了人，一看，是小瑕。父亲一见她，没出声，进了屋，砰的一声关上门。

他和小瑕在经常去的小河边坐下。小瑕将头靠在他的肩上，完全一副不解世事的神情说："幸好你今天回来了，我等了你那么久，差一点等不到了。"

他怜惜地摸着她头发，说："为什么等不到了？你要去什么地方吗？"

小瑕："嗯，好远的。"

他说："那么远你还去？不要你妈妈了？"

小瑕："要啊，可是我总是让她伤心。别人现在见了我和妈妈就躲，然后妈妈就背着我哭，我全都知道。你说是不是因为我不好，他们才会对我妈这样？"

他摇头："怎么会！是他们不好，小瑕可是世界上最乖巧、最漂亮的女孩。"

小瑕笑了，心满意足地靠在他的肩上睡着了。

第二天小瑕就不见了。同村的初中校长找到小瑕的妈妈，原来小瑕竟是跟着那个数学老师走了。

他想起初中时小瑕翘着羊角辫嘟着嘴说："高明亮，数学老师说我是最乖的学生呢。"

然后他上了大学，毕业，工作，结婚。其间，他去过小瑕母女先前住过的地方。巷子还在，房子还在，只是房子里面已长满了杂草。母亲告诉他，他去上大学的第一年，小瑕的妈妈便不见了，村里的人都说是小瑕将她接走了。然后他去看那所高中，它竟真的变了不少，还成了市重点高中。

生活照样继续，只是他的沉默与怪异让他与周围的人格格不入。

他接父母去他所在的城市，母亲找来一大批人搬东西，箱子、柜子之类的。他无奈地在旁边看着，回过头来就看见远处一个瘦削的身影一闪而过。他挤出人群，跑过去，那个身影已经不见了。

母亲叫他："小明，来帮我抬一下，这个柜子好重。"

他站在那儿，一时之间忘了自己在干什么，几年来武装起的坚硬的外壳一下子破裂了，他变得无助茫然。

母亲过来拉他，说："你这孩子，这么大的人了，怎么还这么懒？叫你半天都不应一声。"他焦急地说："妈，我刚才看见小瑕妈妈了。"

他满是期望地看着母亲，像个急切寻求庇护的孩子。母亲淡淡地说："什么小虾、大虾的，你快去帮着抬一下，那几个人都是没用的家伙。"

他才知道人真的会忘记过去，什么都没有，然后又是一个新的世界。

YU DA FAN HUA DE SHANG

雨打繁花的伤

你说："调，北京这些天总是下雨，压倒路边的一片繁花。我习惯转转手里的红伞，让雨打湿了衣裳。我喜欢仰脸看天，让泪水挂在眉上。有一些疼痛，无论过去多久我都发不出声音，我的心，是小小的、寂寞的墙。"

你说："调，会不会有个男孩，突然在墙的那边出现？他说要带着我去流浪，他会喜欢风的影子、水的波光，他知道我和所有的人不一样。我每天在这条巷子里不停地行走，笑着、哭着，他一定能够看见。”

当我看到你给我的这些留言后，长沙也开始不停地下雨，噼里啪啦的。

我就像你留言中说的那样，撑着那把新买的红伞，想象着你走的那条巷子跟我现在走的巷子有什么区别，然后在巷子的尽头，将整个身子靠在墙上，伞被风吹到了远处，雨水肆意砸下来。你说，这墙的对面真的会有一个男孩在等着我吗？或者，又是另一个你，在与我固执而长久地对峙着。

长大以后，我就很少叫你的名字，别人都叫你“冬冬”，只有我每天用“喂”来称呼你——喂，一起去吃中饭吧？喂，看到对面的帅哥没？喂，你不要老是哭好不好？喂，他一开始喜欢的是我！

小时候你喜欢幻想自己是公主，所以仗着自己力气大，老是用拳头威胁院子里的小孩子都叫你“冬冬小公主”。我因为质疑了一句“小公主不该有那么大的力气”，被你狠狠地扇了一巴掌。我的嘴角被打出血以后，你却哭了。你总说自己是奇怪的小孩，既勇敢又爱哭。

你喜欢穿长长的裙子，拉着我坐在水井旁，思绪随着脚丫在青苔上漫不经心地晃荡，让月亮在水里拉出长长的影子。

那些邻家的小妹妹们总喜欢坐在背面，窃窃私语地偷看你。你也不看她们，却喜欢小声地说："调，我是小公主，我是冬冬小公主。"

我就忍不住揉你的脸，看你嘟着嘴巴，得意地挑着细细的眉眼，你可真是个粗鲁、爱哭又臭屁的小孩。

后来，我们一天天长大。你说："调，月亮会觉得孤单吗？调，我的裙子看起来那么孤单，你的眼睛看起来也那么孤单，是不是因为对某个人无边的思念？"

你说："调，那么多人喜欢月亮，它知不知道我们的孤单？"

我就笑："喂，不要难过，你是公主，你是冬冬小公主，月亮会喜欢你的。"

你说："调，不对，我不想难过，那个水井里再也没有我们的影子，我们都是被月亮忘记的寂寞的孩子。"

可是，冬冬，不是那样的。

程对我说他只是暂时离开，他的家人要他去北京参加高考，于是我们相约一年后在北京大学再见。

可是我该如何告诉你这些？

当你拖着厚重的皮箱，勇敢地与我擦肩而过时，长沙下了三年来的第一场雪，雪花纷飞，落在你的头上、身上。我突然觉得那么寒冷，此后多年难以温暖。

我一直想知道，长沙到北京的距离，如果用一个十七岁女孩的勇敢来丈量，到底有多远？

我总是做梦，梦里灰蒙蒙的一片，不知道是森林还是天空。我一个人躺在巷子里，我觉得这样很不好，被人看见了怎么办？但我却睁不开眼，也看不到方向，这样多不好啊，然后我将自己蜷成一团。

慢慢地，我想起了以前读书的时候，你的床位就在我的旁边，你老是说梦话，说你也喜欢程。我说："喂，你做什么梦呢？程只能让我一个人喜欢，你凑什么热闹？"

然后梦中的你很认真地说："我没做梦呢，我也喜欢程，很喜欢。"

冬冬，你去北京后，我的身体开始变得很不好。那个冬天我一直咳嗽，我穿很多很多的衣服，还是不停地哆嗦。他们在背后说我快要死了，都不愿意靠近我，妈妈也要我回家休养身体。

可是我怎么能休学呢！我还要去北京大学呢！我还要跟你比谁更勇敢呢！

程给我来信了，他说你找到了他，他说你在那边成了校花，很多男孩追你，可是你对谁都爱答不理。

我坚持度过了那个疲累而寒冷的冬天，程再也没来过信，就连你的短信和QQ留言我也没再接到。教室外面的茶树都开出大朵大朵白色的花，然后又缤纷落了一地。

同桌的男孩出去将茶树上仅剩的那朵茶花摘回来，说：“你每天都在看它，我以为你喜欢。”

我看着同桌窘迫的脸，笑了。冬冬，他的额头上竟然也长了三颗痘痘呢，跟你以前一样，在眉心的斜右上方。

那时候的你难得地有点自卑，你总觉得我太漂亮了，可是我总喜欢指着你的青春痘说：“我家有女初长成，养在深闺程不识。”

接到你的电话时已经放寒假了，你在那边狠狠地啜泣，好像全世界都欠了你，你说：“调，我怀了程的小孩。

“可是为什么离开学校的人是我？为什么没有人相信那个小孩是他的？难道就因为他是优等生吗？

“调，我已经不知道最初的最初，我们为什么要喜欢他。我们那么义无反顾，难道仅仅因为八岁那年是他将我们从院子后面的水井里救出来的吗？

“调，到现在，你还能确定他就是那个救我们的男孩吗？”

你开始经常给我打电话，很多时候是在半夜。通常我一接到电话就听到哭声，最久的一次，你哭了一个小时才渐渐没了声音。我确定你睡着了才挂了电话。

后来的一次，你没有哭，我听到嘈杂的音乐声。我问你在哪儿，你说在酒吧。你用厌倦而清冷的声调说："调，怎么办？我老是做梦，一个小孩扯着我的衣角，她说她在另一个世界好冷。调，怎么办？我放不开那双小手，她长得真像一个天使。

"调，我想离开北京了，可是我该去哪里？哪座城市会收留这样一颗破碎的心灵？"

我的眼泪无声地掉下来，你给我打过那么多次电话，流了那么多的眼泪，我都没有哭。我几乎以为自己是不会流泪的，原来最痛苦的哭泣，都是无声的沉默的。

你似乎还想告诉我一些什么，可是妈妈不知道什么时候出现了，她把我的电话挂了，估计是我的眼泪吓到了她。

我开始抱着电话睡觉，怕太晚电话铃声吵到家人，也怕爸妈接了电话后不告诉我，可是你再也没打过来。

一直过了很长一段时间，我都会在半夜时被耳朵边尖锐而凄厉的电话铃声惊醒，醒来后却发现根本没有人打电话过来。

我开始被妈妈强迫送进了医院，医生说我由于自闭和精神恍惚，需要进行长期治疗。

他们不知道，生病的不是我，是你。冬冬，你不要害怕，你一直是那么勇敢的人，你是那么骄傲的公主。

由于没有参加高考，我在长沙的一所私立大学读了大专。大二那年夏天，长沙下起瓢泼大雨，很多地方遭遇洪灾，学校发动同学为灾区募捐。作为募捐委员会的会长，我在学校大门口设立了募捐点。

一个帅气而斯文的男孩，背了满满一大袋子的衣服过来。他把衣服扑通一声放在桌子上，然后高声说："你为什么这样大发善心，是因为心有愧疚吗？"

他说："我在北京大学等了你两年，你还是没有出现。我以为你没考上，还在复读，所以赶到长沙来看你，结果他们却告诉我，你在这里乐悠悠地做着你的爱心天使。"

他说："你真的不记得我了吗？我是程。"

冬冬，你为什么要这样？为什么要告诉我那个人是程？为什么要说那是程的小孩？你不是用勇敢来爱着程的吗？你不是为着程才去的北京吗？

程说："那个男人虽然姓程，可是不是我。"

我对程冷笑："就是因为这个，你才在北京大学等了我两年吗？"

我在他的胳膊上狠狠地咬了一口，我能看出来他眼睛里的落寞。

冬冬，我没有怪你，真的。我知道，一切的一切都只是因为你比我勇敢。

冬冬，你无法明白当我收到你的留言时我有多么高兴，我的冬冬小公主终于又回来了啊。

冬冬，长沙的雨应该比北京的大吧？那么北京的巷子是不是比长沙的长？北京的墙呢，没有我现在靠着的这堵厚吧？可是怎么办，要是对面真的有一个明朗而聪慧的男孩，我岂不是又要慢你一步了？

冬冬，我现在这个样子躺在这条巷子里，会不会被人笑？可是我站不起来，我没有力气了，我的伞被风吹去了好远的地方，我的头发被石板上的水渍浸得冰凉。冬冬，我真的好冷，自从你去北京的那一天，我就一直觉得寒冷。

冬冬，不要觉得我懦弱，不要觉得我不勇敢。我现在只是想休息一下，明天，或者后天，我要告诉那个同桌，我爱他。

冬冬，旧日白梦或者今夜老墙，谁都无法明白雨打繁花的伤。

YU JIAN

遇见

145

昨天下了很大的雨，我睡醒时已经中午十二点了。每个周末我都是这样度过的，哥哥，你呢？自从上班以后，我最痛苦的就是睡眠不足，每天坐在办公室都觉得好困。我同学说我活该，以前在学校的时候每天至少睡十二个小时，现在觉得痛苦也是报应。

哥哥，她们总说我一年四季都在冬眠，不去上课，不去逛街。可是哥哥，他们都不知道，我是不想让心清醒着，这样就不会难过，不会受伤，不会妒忌。

哥哥，我是不是很俗气？我每次都告诉你，我忌妒她们，忌妒她们有一个那么疼自己的男朋友，嫉妒她们越来越漂亮，嫉妒她们可以每天出去约会，嫉妒她们约会以后回来还要炫耀去了什么地方，看到什么人。哥哥，你听到这些会难过的，是不是？虽然我都是这么给你写信，我不确定你能不能收到，可是我知道你会难过的，是不是？

哥哥，昨天中午睡醒后我去了学校的图书馆，外面下着大雨，我的鞋子在图书馆门口坏掉了。我站在图书馆门口不能动，雨大得快把我的伞压坏了，好多学弟、学妹都看着我，我觉得自己这样很丢脸，眼泪就掉了下来。我不想被别人看见，把伞往前压得很低，后背全湿了。

后来，一个学弟过来问我怎么了，他说他记得我，经常看到我在学校摆地摊，卖花、卖药、卖手机卡。

他说：“你不是毕业了吗？怎么还在学校呢？”

他又说：“学姐，不好意思，我说了什么不该说的话吗？你不要哭。”

我的眼泪更加汹涌，我说：“你这个人怎么这么讨厌？看，我本来想等没人注意的时候偷偷打赤脚回去，现在你吸引这么多人看着我，我怎么回去？”

他很惊慌的样子，竟然要背我回去。他一只手托着背上的我，一只手提着鞋。我本来想说鞋子坏了，可以扔了，可是看着他那么认真的样子，竟然觉得说不出口。我的伞太小，遮不住两个人，他的裤子湿了大半。

哥哥，去年夏天你给我发邮件，说你在深圳找了工作，很想见我。然后整个夏天我都在学校摆地摊，我要赚钱去深圳，让你看到我。

哥哥，之前你消失了半年，我以为你不喜欢我了，可是你在邮件里告诉我，因为学校里的情侣都约好似的毕业那天失恋，你怕这也是我们的结局，所以你选择了提前放手。

哥哥，你知道吗？在那半年里，我去了你们学校三次，每一次都在你们学校门口站很久，像以前那样等着你出来接我。前两次我站了很久你都没出来，我就走了。最后一次，我去了你们宿舍，趁看门的阿姨不在的时候溜了上去，然后到了你住的二楼，迎面就看到一个只穿着裤衩的男生。那个男生奇怪地盯着我，我的脸通红，然后我飞快地往你寝室跑，可是寝室的人告诉我你不住在那里，还问我是不是记错了。

哥哥，那半年我一直在提醒自己要恨你。我只是希望有更多的男生喜欢我，因为有那么多的女生喜欢你，我要跟你一样。

哥哥，我每个星期都会躲在被子里大哭一场，怕寝室里的女生觉得我可怜，所以不敢哭出声，第二天还会告诉别人你去别的城市实习了。

哥哥，我真的赚到足够的钱可以去深圳了，除了买车票，还可以买很多的营养品给你吃。你本来就很瘦，上班那么累，肯定更瘦了。我买好车票才发现自己没有你的手机号码，于是我疯狂地给你发邮件——哥哥，我要去深圳了，我怎么找到你？哥哥，我去看你好不好？我那么想念你。哥哥，其实我一点都不恨你，我知道不管你在哪里，你都是喜欢我的。哥哥，我买好票了，可是你是不是又消失了？

哥哥，你给我回邮件的时候，我的火车票已经过期了。那天我在火车站进站口等了很久，我想让你出现，跟我说“傻丫头，还不进站，站在这里想被人拐卖吗”。

等了很久，你没出来，我就坐着公交车回学校了。

七月的长沙特别闷热，我看着公交车外面的建筑和人群，突然觉得或许你就在这里。可是，我怎么找到你？

哥哥，你在邮件里说你要回长沙了，你要考研。你竟然一个字都没提我要去深圳的事情，还是没有给我你的手机号码。哥哥，看完邮件以后，我整个人虚脱一般倒在椅子上。哥哥，你消失后的那两个月我瘦了二十斤，因为我整天吃不下饭，也不想说话，然后身体就变得很不好。

哥哥，现在我也毕业了，我在学校旁边租了一间房子，每天坐那趟能到你们学校的145路公交车去公司上班，每天早上八点十分左右，晚上六点二十分左右，经过你们学校门口。有一次，车停在你们学校旁的那个站，我依稀看到有一个长得很像你的人上了车，我的心跳得特别厉害，胃痉挛般地疼，等到那人走到我面前时，发现不是你，我才无力地蹲下去。

哥哥，我总是在假设，要是在车上、在路上、在饭馆里碰到你，我该怎么办。要是那天我穿得很丑，可怎么办？我一定会假装不认识你，勇敢地让你盯着我，一直到我住的地方才下车。可是我竟然一直都没有碰到过你，是不是你故意躲开我，所以我们连偶遇都没有？还是长沙太大了，丢了的人注定再也找不到？

很多人问我：“你交过几个男朋友？为什么要跟他分开？你跟上一个男朋友分开多久了？”

我都回答说：“我有过一个男朋友，我不知道我们为什么分开，我们分开好久了。”

可是哥哥，我已经不记得我们分开多久了。我总跟别人说两年，可是具体是哪天，我见了你以后，你就决定以后再也不见我了呢？

哥哥，她们问我，我们既然在同一座城市，为什么不能见面，我总是不知道该怎么回答。

你在邮件里说你已经回长沙了，你住在一个同学那里，你要考北京一所大学的研究生。你还说：“丫头，你还好吗？”

看完邮件以后，我把电脑桌上的东西都扫到地上，我最喜欢的瓷杯掉下去，发出尖厉的脆响，然后碎了一地。我清楚地听到有同学在隔壁寝室跟她们说：“好像是回长沙了也没通知她，这样的男人摆明了是不喜欢她了，她怎么那么傻？”

哥哥，那天以后我决定再也不见你，真的永远不见。我觉得我们之间隔着一堵很厚的墙，我怎么也跨不过去。所以我才会回信，跟你说我大四了，我也要毕业了，我们就此老死不相往来吧。

大四开学就要开始实习，系领导每周都开就业动员大会，每个人都如临大敌，班上的同学都想留在长沙，为找实习单位四处奔走，只有我一个人选择去北京。

走的那天，有几个同学送我。

火车快出湖南的时候，一个男生给我发短信，说："你知不知道我在火车站广场坐了四个小时？"读完短信，我只觉得四周一片昏暗，突然就掉下了眼泪。

哥哥，你一定想不到我竟然去了北京吧？在北京，我每天迷路，感冒，睡不着。哥哥，我不喜欢北京。可是我想开始新的生活，我想忘记你。

哥哥，我一直不敢对长沙的熟人提起，我在北京其实跟一个男人交往过。他给我买感冒药，揽着我的肩膀过马路，给我买很厚的被子。

哥哥，我已经很难被感动，可是我需要有人帮我忘记你，我不想继续那么绝望地活下去。我在北京过得很糟糕，我找不到一个亲人、朋友、同学，我跟公司的同事关系处得不好，我几乎以为自己真的是天煞孤星，可是我想幸福。

哥哥，我以为我可以强制让自己幸福，而且看起来几乎就是那样，可是那个男人跟我说我不适合结婚。我虽然从没有过跟他结婚的想法，可是他这样说，让我觉得自己被侮辱了。我以为是我迁就他，可是他一直在跟别的女人相亲。

哥哥，从那时候开始，我觉得社会上的男人都很可怕。虽然我没有爱过他，可我还是觉得很难过。哥哥，我太脆弱了，是不是？

开始有长沙的公司让我过去上班，我犹豫了很久。回去了又如何？长沙对我来说已是一座空城了吧？就算回去，也是将自己关进一个牢笼。

在北京待了三个月之后，我还是回了长沙。我想跟班上的同学多联系，我一直沉浸在自我的世界里，把自己的生活弄得那么狭窄，我应该重新调整爱情与友情的比重。

哥哥，领毕业证以后我们班上的女生集体失恋了，每一个人宣布失恋以后，我都要问她为什么。她们会告诉我因为毕业了，可是我不相信，就像我不相信你是因为害怕毕业而跟我分手，所以没有毕业你就跟我分手。我问她们是不是因为感情不够坚定。我知道我这么问了以后，她们很生气，可是我真的想知道为什么。

她们开始说我精神经有问题，说我被你害得不浅，说我要是最开始没有遇到你就好了。

哥哥，其实我也一直在想，要是最初没有遇到你，我会不会好一点，开朗一点，惹人喜欢一点，幸福一点。可是我想了两年，还是得不到答案。

回长沙上班不久后的一个晚上，我躲在出租房看电影，电影名叫作《渴望一份真爱的感觉》，是根据我曾经很喜欢的女作家安顿的小说改编的。电影说的是一个女生爱上一个男生，后来她发现那个男生竟然一直背着她跟别的女人在一起，她觉得那个男生很差劲，于是他们分开了。往后的多年里她一直想找一份真爱，可是她最终还是走不出那个男生的阴影。

看完电影以后，我开始疯狂地拿手机拨打你以前寝室的电话，电话里提示那个号码已经是空号。然后我开始顺着那个号码拨邻近的号码，终于通了，对方告诉我他是大一的新生，他不认识我说的这个人，而且还说你已经毕业那么久了，肯定已经不住在学校了。

我颓然地躺在地板上，再一次拨打你们寝室的号码，当提示空号以后，我开始号啕大哭，抽泣不已，我的头发散乱，跟一个疯子一样。

哥哥，你上一次给我回邮件是在三个月前，你说你暂时放弃了考研，你要在长沙上班，否则就没钱继续上考研补习班，你说你以后不会给我发邮件了。

你说："丫头，一开始我就错了，我不该一个人决定我们的未来，我应该一直都让你在我身边，直到我毕业的那天，再看我们是不是像其他大学情侣一样吵架、闹分手，然后到下一年你毕业的那天，再看看我们是不是还在一起。我们在感情还没有结束的时候分开，所以过了这么久，还存在着迷恋。”

你说：“我以为我可以让彼此慢慢学会平和，慢慢忘记伤口，慢慢地，我们就能像别人一样勇敢，可是现在看来一直都不是。我们用这个电子邮箱纠缠了这么久，还是没有学会忘记，还是害怕被对方伤害，还是一直想着要对方为自己勇敢。而且，丫头，毕业后的现实世界让我如此恐惧，我从来没有觉得这样无助，你看到这样的我一定会很失望的。”

你说：“丫头，对不起。”

哥哥，还记得那次吗？我们约好了我去你们学校玩，可是后来我却打不通你的电话，然后我在你们学校的食堂门口等了你两个小时，我的腿都站僵了，最后你去食堂吃饭的时候被我拦了下来。

你惊讶地看着我，你说你以为我今天有事情不来了，你说对不起，你换了手机号码却忘记告诉我了。

那时候我跟你说，不要轻易对别人说对不起，除非是非常愧疚，否则不要说，“对不起”这三个字太沉重了。

所以，哥哥，不要说对不起。

哥哥，已经是八月了，我最喜欢的夏天就要过去了，然后就是秋天，再然后就是冬天。到了冬天，我就可以真正冬眠了。哥哥，其实这几天我已经很幸福了。长沙这几天一直在下雨，我喜欢长沙下雨，在我的眼里，长沙就是一个湿答答的城市。

哥哥，我写了这封信以后，要去你们学校旁边的那条商业街买双鞋，你说我会不会突然遇到你？

哥哥，你说我们是不是可以在这座城市，一直在看不见对方的角落里，对峙着孤独地变老？

春天不结束，叫夏天怎么来

那时候是春天，因为临近期中考试，学校为了让学生复习，连着放了一个星期的假。那一个星期似乎都在下雨，听着外面轰隆隆的雷声，她仰了仰头，然后又重重地垂下，嘴里发出沉闷的声音。

这样躺到第三天，在临近饿死的边缘，她终于爬起来泡了一碗方便面。

然后，大门被一脚踹开。

她一惊，手里的方便面掉在地上，将她画了半个月的图纸弄得一塌糊涂。

然后一个十五岁的小丫头蹦进来，甩了甩头发上的水珠，用稚嫩的声音高声叫："晓书姐姐。"

她却应声倒地，因为连着三天滴水未沾而晕倒。

后来她问了表妹很多次，她是怎么被弄进医院的，表妹都一副很古怪的样子，微微侧着脸看向窗外，神游太空的样子，说："晓书姐姐，你怎么那么瘦呀？我也要减肥。"

她给姨妈打电话，说离家出走的表妹跑到她这里来了，姨妈却只"哦"了一声，然后就挂了电话。表妹在旁边得意地笑，说："晓书姐姐，我家里现在对我心灰意冷了，他们只要确定我还没死就放心了。"

她只能叹气，关于这个表妹她是知道的，从幼儿园开始就玩离家出走的把戏。

表妹似乎很好奇她的住处，东摸摸，西摸摸，然后手停在床头墙壁的照片上。

似乎已经预感到什么，她刚要阻止，表妹已经一把将照片撕下来，成了两半。然后表妹用无辜的眼神看着她，说：“晓书姐姐，站在你旁边的是不是你男朋友？对了，你怎么没跟你男朋友住一起？”

她暗自咬牙，小屁孩，你懂什么？

跟大多数的大学女生一样，大二的时候她恋爱了，男朋友是本班的，只是后来对方变心了，跟班上唯一一个喜欢化妆的女生范雨虹在一起了。起初柳晓书还斗志昂扬地看着两人卿卿我我，后来觉得这样的倔强实在无趣，索性就搬出了宿舍，在外面租房子，课也上得少了，成天在出租房睡觉。

她搬走的那天，唐初夏站在门口，阴沉着脸说：“柳晓书，做我女朋友吧？”

她二话没说就一巴掌甩过去，唐初夏的脸上赫然出现五个红红的手指印。

范雨虹正好挽着男友的胳膊走过来，笑嘻嘻地说：“好哇，唐初夏，我甩了你跟陈云在一起，你再把陈云的前任女朋友追到手，真是有创意。”

唐初夏依旧阴恻恻地站在旁边，柳晓书看到他的拳头紧握着。陈云说过，当一个男人没有力气支撑自己的时候，他会用所有的能量紧握住自己的拳头，用伤害自己的方式给自己力量。

柳晓书发现陈云的手也是紧握着的，她的心突然低到了尘埃里，她不明白那个女生范雨虹到底有什么魅力，能够抽空两个男人的力量。

当表妹提出要上数理化补习班的时候，柳晓书着实被吓了一跳。表妹却振振有词，离中考还有三个月，她虽然总体成绩还不错，但是数理化相对弱了一点，想考入柳晓书所在大学的附属高中还是有点难度的，而且她几乎有一年没上过课了。

柳晓书这才明白姨妈为什么那么放心，表妹比她更懂得打理自己的人生。

然后她陪着表妹去找培训班，一起去图书城买复习资料。看着表妹埋在书本里的身影，她开始觉得自己前几天的紧张感和奉献精神是多么无聊。

柳晓书从抽屉里翻出被表妹撕烂的照片，然后发现只有她的那部分还在，有陈云的那部分照片不见了。

她发疯了似的找，每个抽屉都被翻出来，弄得地板上到处都是乱七八糟的东西，床上也被翻得七零八落。她跌坐在地板上，跟陈云分手后第一次哭，委屈得无以复加。

表妹从浴室出来，惊讶地说：“晓书姐姐，是不是谁欺负你了？”

学校今天期中考试，她赶过去的时候差点迟到了。教室的座位已经都被占了，只剩下唐初夏旁边的一个位置。班上的人都看着她，偷偷地笑。她刚准备拂袖而去，窗外突然探出一颗漂亮的小脑袋，她扬着一支钢笔，用小女孩特有的青涩声音叫道：“晓书姐姐，你忘记拿笔啦。”然后冲那些看着她的人略带腼腆地笑，不好意思地缩回了脑袋。

大家的目光都看向窗外，然后疑惑地看着柳晓书。

那天柳晓书发挥得很好，自信每科都拿优秀不成问题，心情自然也变好，所以当唐初夏提出要请她和一直站在外面的表妹吃晚饭以报答考试时她给他偷看答案的恩情时，她一口答应下来。

在学校的茶餐厅里，似乎所有的人都很惊奇她竟然和唐初夏走到了一起。范雨虹追陈云的时候闹得全校皆知，所以连带着她和唐初夏也变成焦点人物。学校甚至有人成立了摊点，专门供大家赌柳晓书会不会跟唐初夏在一起，想借此发笔小财，而更多的人则等着看这四个人的笑话。

那天柳晓书喝了很多酒，不时笑得花枝乱颤，她知道陈云和范雨虹在隔壁桌坐着。

后来她迷迷糊糊被唐初夏送回住处。打开门以后，她强撑着略微清醒的意识，举着钥匙说："好了，你别以为我喝醉了就可以对我怎么样。唐初夏，我告诉你，我是不会跟你在一起的，疯子才会做出那样的事情。"

她边说边推他，把他推到墙上，还是使劲往后推。唐初夏一用力就将柳晓书揽进怀里，低下头吻她。

她一下子惊醒了大半，推开他进了房间，急急把门关上。柳晓书靠在门板上，一摸额头，惊出一身冷汗。

大一的时候，是柳晓书最快乐的时光，班上的人都张罗着开始他们的恋爱大计，而她身边却有着唐初夏这个男生陪伴。下课后，陈云和唐初夏找来两辆自行车，她坐在陈云的后面，唐初夏冲路上的行人嚷着"让开让开"，然后两辆自行车在拥挤的校园马路上呼啸而过。

有时候在路上碰到陈云和唐初夏走在一起，她会趁两人不注意，从背后钻进两人中间把他们挤开，站定，然后看着两人惊讶的样子，得意扬扬地发出诡计得逞的笑。

这样的铁三角组合一直维系到大二第二个学期，直到范雨虹的插足。

范雨虹一向不屑跟班上的同学太过亲近，总有男人开车到教学楼下接她，有时候是出租车，有时候是摩托车，当然随着车的不同，车的主人也在不断变化。有一次，当一辆宝马停在下面的时候，班上的人显然被刺激到了，整个教室沸腾了。专业老师在讲台上不停地咳嗽，用书拍讲台也没有用，最后气得干脆走人，让大家自由讨论。

宝马事件的那个晚上，柳晓书半夜起床去上厕所，经过范雨虹宿舍门口的时候，听到里面传来阵阵哭声，声音断断续续，听得柳晓书心都揪起来。那天晚上，柳晓书在床上翻来覆去睡不着，总觉得心里憋得难受。

第二天柳晓书问宿舍的女同学，才知道是范雨虹在哭，女同学很是厌烦地说："三天两头这样，还让不让别人睡觉了？"

柳晓书惊讶道："经常这样？"

"嗯，一直这样。跟男的打电话的时候总是一副很凶悍的样子，不是摔电话就是破口大骂，好像自己是多么矜贵的公主，其实谁不知道谁？三天两头半夜哭，以为别人都是聋子呢？"女同学看着柳晓书，很感慨地说，"柳晓书，还是你好，跟男生玩得那么好，又不涉及男女感情，班上的女同学当中就你活得最快乐。"

女同学突然噤声，柳晓书转头，看到范雨虹就站在她后面。范雨虹俨然一副战斗女神的样子，道："总比某人半夜打电话给男人，哭着、求着让男人回头的好，自己那么下贱，当然快乐不了。"

女同学没出声，冷冷地瞟了范雨虹一眼，进了寝室。范雨虹也进了寝室，经过柳晓书旁边的时候，狠狠地撞了她一下。

接着柳晓书便听到寝室里传来摔东西的声音，女同学将自己的玻璃杯摔到地上，玻璃碎片到处都是。然后范雨虹将自己养了很久的鱼从正中间高高地摔下来，鱼缸碎了一地，鱼缸里的水流了一地，几条好看的小金鱼在地板上艰难地摇摆着。

第二天，柳晓书和陈云、唐初夏坐在教学楼下面的草地上。陈云在弹吉他，弹的是《灰姑娘》，他小声地唱："怎么会迷上你，我在问自己。我什么都能放弃，居然今天难离去。你并不美丽，但是你可爱至极。哎呀灰姑娘，我的灰姑娘。"

柳晓书眼神无限柔软地看着他，突然想起她上次在校友论坛上看到一个师姐在一张学校乐队表演的照片下留的言：有谁，能够抗拒一个男孩在校园的草地上为自己弹唱那首《灰姑娘》？那是每个校园女生的梦。

唐初夏躺在草地上，扯了一根草衔在嘴里，说："我决定了，要是对面路上出现的第一个人是美女，我就追她。马上就要大三了，再不谈恋爱就得'黄昏恋'了，我们三个都要有点危机感才行。"

柳晓书笑了，说："好啊，如果是一个帅哥，我就去追他。"

陈云把吉他放下，说："那要是出现的是一个丑八怪，就换我追吧。”

唐初夏说：“肯定是个美女。现在这个时候正是澡堂开放的时间，我看肯定是个出浴美女。她穿着一件极其性感的裙子，高跟鞋蹬得嗒嗒响，手里提着一个粉红色的桶。”

陈云笑得倒在地上，说：“我看一定是个丑八怪，披头散发，身上穿着睡衣，手里抱着一个黑漆漆的木盆子。”

柳晓书横了他们一眼，心想“这两个变态”。

他们两个却一下子弹坐起来，目不转睛地看着前面。

柳晓书转过身去，看到一个女生站在对面的路上，笑吟吟地看着这边。她穿着白色的连衣裙，裙摆长到脚踝，头发柔顺整齐地披下来，傍晚微微的风吹过来，她的白裙子和头发都随风飞扬。

那人竟然是范雨虹！虽然脸上还是像刚刷的墙似的，但是她这么乖巧的模样，他们还是第一次见。

柳晓书惊讶地看到她身边的两个男人竟然对范雨虹空前热络起来，那天范雨虹一副乖巧无害的样子，而柳晓书却显得灰头土脸。

那日不久，唐初夏竟真的成了范雨虹的追求者，三人聚会的时间日渐稀少。陈云与柳晓书偶尔见面，却没有先前唐初夏在时那么自在。陈云渐渐不再找柳晓书，但是因为相同的习惯，两人还是经常在学校西门附近的林荫路碰见。柳晓书每每看到陈云的身影便下意识地掉头就走，自己也不明所以。

有一次柳晓书特意晚些去，天已经完全暗下来，路灯发出微弱的昏黄的光亮。

有一回三个人在这边散步，唐初夏捡起地上的石头砸向那个路灯，笑嘻嘻地说："这样发展下去，总有一天我和陈云会背着另一个人偷偷牵晓书的手。我把灯砸了，看不清楚了，假如到时候真的牵了手，另一个人也不会那么明显地感到难过。"

柳晓书想得出神，然后才发现陈云已经走到她面前。

她刚想转身，手却被陈云抓住。他似乎吸了很多烟，浑身烟味，喉咙嘶哑，说："晓书，不要逃了，做我女朋友吧！"

柳晓书一直记得那天，陈云的手是那么温暖，虽然一个月后他旁边的女人便换成了范雨虹，但是每当想起那天，她还是满心、满手的温暖。

考完试，柳晓书又是长久地窝在出租屋睡觉，从早上睡到晚上，太阳升起又落下，实在睡不着就爬起来打开电脑看韩剧。

表妹每天上补习班，回来把从外面带的盒饭放到柳晓书旁边后就在角落里听英语磁带，录音机里的英语声音和电脑播放着的悲伤得死去活来的韩剧女主角的哭泣声混合在一起。

那天柳晓书从床上爬起来，看了很久的韩剧，表妹还是没回来。

唐初夏打电话过来，说："小妹在陈云那儿。"

柳晓书赶过去的时候，表妹跪坐在地上，脸上明显有被扇过的痕迹。

陈云在窗户边吸烟，一根还没吸完就换一根。柳晓书的心一沉，陈云只有很恐惧的时候才会不停地吸烟。

柳晓书奔过去，扯起表妹，说："小妹，怎么了啊？谁打了你？你为什么会在这里？"

可是她怎么也扯不起表妹来，表妹一直低着头不看她，倔强而固执地那样跪坐着。

唐初夏过来，说："晓书，算了，我刚才已经跟这丫头说了半天，她就是不起来，我从没见过这样倔强的丫头。"

柳晓书站起来，走到范雨虹面前，咬着牙，问："是你扇了小妹耳光？"

"是！"

范雨虹的话音未落，柳晓书就一巴掌扇过去。

范雨虹痛呼出声，然后一巴掌回击过去："自己抓不到男人的心，派个小妖精过来勾引，也只有你柳晓书做得出来啊。"

柳晓书扬手要打回去，却发现自己的手被唐初夏抓住了。柳晓书愤怒地瞪着唐初夏："你帮她欺负我？"

唐初夏摇头："晓书，弄清楚事情的前因后果再说，这样只会伤了大家的感情。”

柳晓书冷笑：“是你跟她有感情，我可没有。唐初夏，你若再不放手，这辈子你都休想再跟我说一句话。”

唐初夏的手松开了，柳晓书扬手又要打范雨虹，手又被抓住，她叫道：“唐初夏！”回头却看到是陈云。

柳晓书愣住了，眼泪哗啦啦地流下来。

柳晓书过去抱起表妹出了门，说：“你这么晚还不回去，我很担心你知不知道？你不是说要考出最好的成绩吗？干吗还蹦来跳去的？我都快饿死了，一直在家里等你给我带盒饭回去。”

柳晓书不停地说话，旁边的人都噤声，似乎都知道柳晓书的忧伤。

表妹也不说话，任柳晓书抱着，抬起手给她擦眼泪，却越擦眼泪越汹涌。

一路上都是柳晓书抱着表妹，表妹几次要她把自己放下来，她却像没听到一样。回到家，她把表妹放下来，表妹的书包掉到地上，半张照片跟着书一起滑出来，是表妹从她的床头撕下来然后不见了的陈云的那部分照片。

柳晓书捡起照片，眼泪又流出来，说：“为什么？这阵子你背着我去找陈云做了些什么？”

表妹吓得哭出了声，说：“晓书姐姐，不是你想的那样，真的不是你想的那样。”

柳晓书摇头，将照片直直朝表妹脸上扔去。照片砸在表妹的脸上，然后掉进了桌子底下。

柳晓书看都没看，心如死灰，说：“算了，我不想听。”

然后她扑通一声倒在床上。半夜的时候，听到门被关上的声音，她睁开眼睛，发现表妹已经离开。她想去追，却终究没有起来。

表妹比她更懂得如何照顾自己。

第二天柳晓书打电话给姨妈，问：“小妹回去没？”

姨妈一副淡漠的样子，说：“没有，不是说在你那里吗？那死丫头又跑到哪儿去了？你不用管她，过阵子没钱了她自然会回来。”

柳晓书摇头：“姨妈，这次好像不一样。”

她的话未说完，姨妈那边已经挂断电话。

柳晓书站在电话亭失了半天的神。

然后她去表妹上补习的学校，那所学校位于繁华的市中心，校门两旁有很高的苦楝树，苦楝树的小白花一串串垂下来，像人心里细碎的忧伤。校门口就是公交站，正逢放学，一大堆学生蜂拥而出，穿着蓝白相间的校服，背着书包，嘴巴不停地说着话，他们正在最青春的年纪，享受最快乐无忧的年华。

柳晓书去找表妹的班主任。班主任告诉柳晓书，杨小妹几乎没去上过课，有几次来了以后也只是见了一下她，然后就又不见了。

班主任说："每次她来学校的时候，都有一个二十多岁的男人陪着，我以为他是杨小妹的哥哥，就跟他说了杨小妹的情况，所以就没通知你。"

柳晓书突然抓住班主任的胳膊，说："你说什么？那个男人叫什么名字？有多高？"

班主任说："杨小妹好像一直叫他'云哥哥'，至于其他的，我也记不太清楚了。"

柳晓书的手无力地垂下来。

柳晓书出了学校，在校门口的公交车站边等车边给唐初夏打电话，说："你在宿舍等着我，我马上过去找你。"

柳晓书赶过去的时候唐初夏在弹吉他，他捏着一个小金属片拨着琴弦，反反复复弹着相同的节奏。

柳晓书一屁股坐到他对面的凳子上，然后严肃地看着他，说："告诉我陈云对小妹到底做了些什么。"

唐初夏放下吉他，说："既然你都不知道发生了什么，我又怎么会知道？"

柳晓书硬气道："那你总该告诉我那天晚上发生了什么吧？小

妹为什么在陈云那儿？范雨虹为什么要打小妹？你又为什么在那里？”

唐初夏说：“我只是碰巧经过那里而已，可能是小妹说话不得当，惹她生气了吧。”

柳晓书将唐初夏手里的吉他扫在地上，眼睛涨得通红，说：“骗子！你们都骗我！小妹那么懂事，怎么会说话得罪她？陈云打一开始就一直在见小妹，你们都知道，就我一个人被蒙在鼓里！现在班上每个人都在等着看我的笑话！”

唐初夏看着困兽一样的柳晓书，说：“是被看笑话让你这么难过，还是别的？莫非你也跟范雨虹以及班上那些等着看笑话的人一样，把陈云和小妹想得那么不堪？”

见柳晓书不说话，唐初夏又说：“我只能说这么多，说多了你也未必信我，想知道什么你直接去问陈云吧。”

柳晓书后来才依稀想起，唐初夏那日反反复复弹的那几个节奏是《灰姑娘》——那首任何女生都无法拒绝的歌曲。

柳晓书没来得及去找陈云，范雨虹却来找她。

范雨虹让柳晓书去图书馆的天台。

图书馆的天台特别宽敞，被划分为几大块，然后填了土，密密麻麻地种着樟树、桂花树、水栀子等，俨然一个中型的种植园。冬天的时候坐在里面看书，暖暖的阳光照下来，特别舒服，是认为学校最浪漫的地方。

范雨虹靠在栏杆上，看着楼下蚂蚁一样的人，冲下面大喊一声："啊——"

然后她回过头来，对柳晓书说："我经常来这里。每次失恋了，我就跑到这上面来吼两句。有一次跟一个开宝马的男人分手了，我立马就跑到这上面来，连吼了二十几声，嗓子都哑了。"

"失恋，对每一个女生来说都是难以跨越的坎。每次看到她们红肿的眼睛，很容易被惹怒的神情，冲人莫名其妙哭得歇斯底里，对街上的小贩高声谩骂，三更半夜在学校周围像个女鬼似的游荡，我就知道又该'改朝换代'了。"范雨虹嘴角微微上扬，带着蔑视的神情，内心却凛冽，"可是，当我在这里大声咒骂、内心愤恨的时候，我总是能看到楼下面有两辆自行车欢快地呼啸而过，似乎是特意要挑衅我一样，每次都是这样，那场景看起来那么美，那么让人嫉妒。"

柳晓书说："所以你千方百计地接近唐初夏，接着又抢走陈云？"

范雨虹没回答柳晓书的话，走到平时用来浇花的水龙头边，拧开，将脸埋了下去，任水从她的额头冲下来，没入头发、衣颈。

然后她站起来，说："你看。"

脸上的水顺着粘在额头和脖子上的头发不停地往下流，没入她的白色高领衬衣里，衣领到胸口那儿都带上了脂粉的颜色。

柳晓书看到她去掉脂粉的左脸上有一块指头那么大的疤，虽然比较浅，但是因为面积比较大，使得整个脸看起来有些扭曲。

范雨虹笑了，因为脸上满是水，她的整张脸看起来反而像在哭一样，她说："我知道班上的人都背地里叫我'刷墙工'，几乎没有人记得我的名字是范雨虹。如果班上的人知道洗了脸以后的我是这个样子，那他们的嘲笑、嫉恨就更理直气壮，就像那些男人看到我这个样子后，第二天都消失了一样。"

原来这就是脂粉落下来的真相。

柳晓书记得，那天她和陈云躺在学校的草地上，她把脑袋枕在陈云的腿上，陈云抱着吉他胡乱地弹着《模范情书》里的几个节奏，问她初恋是什么时候的事情。

柳晓书翻过身子，趴在草地上，说："高中的时候，班上有一个男生，读书很厉害，每次考试都是全校前三名。特别是数学，只要是我不懂的，拿去问他，他几分钟就能解出正确答案。我那时候特别佩服他，还偷偷给他递了小字条，说他真了不起，希望自己能像他一样厉害这类的话。不过后来毕业了，我们就联系不上了。"

陈云说："在我读小学的时候，班上有一个很丑的女生，有些自闭，因为有一次被喝醉的爸爸打得特别厉害，她的半边脸毁了，左脸颊有一块指头大小的疤痕。那时候班上的同学都躲着她，不愿意跟她说话，每次她都一个人坐在旁边，看着别的同学玩，不哭不闹。

“我会忍不住过去在她旁边坐着，她就问我，她是不是真的很丑。

“她坚持要我把手放在她的脸上回答，那时候正好下雨，她却没有半点要回教室的意思。

“雨把我们都淋湿了，她睁大眼睛，倔强地等着我的答案，我的心竟然颤抖了一下，手放在那块疤痕的地方不敢动。

“从那天开始，我答应她，从此以后不会让任何人伤害她。”

柳晓书买了一箱啤酒到图书馆的天台，叫唐初夏上来陪她喝。

唐初夏扔掉她手上的啤酒，怒道：“柳晓书，你振作点不行吗？一个陈云真的值得你这样作践自己吗？”

柳晓书摇晃着脑袋，笑道：“唐初夏，你这个伪君子，你明明很受伤，却还要表现得什么事都没有的样子。你为什么要追我？怕我跟陈云复合使你心爱的范雨虹难过是吗？你可真坏！”

唐初夏难过地说：“晓书，对不起。”

柳晓书推开他：“不要说对不起，我不喜欢听到这个词。为什么那么爱她？你们都那么爱她，你们都对我不好，为什么？”

唐初夏夺过柳晓书又打开了的一罐啤酒，坐在她旁边，说：“我来喝，剩下的都让我来喝。”

天色微明，地上的啤酒都被唐初夏喝了，一地的啤酒罐。唐初夏突然站起身，靠在栏杆边上吐了起来。

柳晓书慢慢爬起来，往楼下走，说：“范雨虹的爸爸去世了，她要请假回去。她跟我说她恨了那老头子二十年，每天晚上都咒他早点死，现在终于实现了。可是说这话的时候，她很难过。她坐今天早上的车，你要去送她的话，现在还来得及。”

唐初夏说：“晓书，等一下。”

柳晓书没转身，继续下楼。

唐初夏在后面喊：“陈云是爱你的！”

柳晓书的肩膀颤抖了一下。

唐初夏说：“大家都看得出来他爱你啊！他之所以跟范雨虹在一起，只是因为儿时的一份誓言而已，更确切地说，那只是怜悯，不然在知道范雨虹就是那个小学同学之前，为什么他喜欢的是你而不是她？”

柳晓书转过身来，激动地道：“小妹的事情又怎么解释？他竟然连那么小的一个孩子都……”

唐初夏摇头：“你既然那么爱他，为什么又要把他想得那么不堪？小妹确实喜欢陈云，老是粘着他。陈云看你意志消沉，所以才帮你照顾小妹。那天他也只是在帮小妹补习功课而已，不料被范雨虹撞见，她一时情急，以为是你叫小妹来缠着他，所以才扇了小妹耳光。小妹被打了耳光以后，陈云就跟范雨虹提出分手了。陈云的性格你也知道，说一不二，况且一个十五岁的小女孩有的也不过是单纯的喜欢而已。”

柳晓书跟跄着回到住的地方，一打开门便躺倒在地板上，不知道那样躺了多久才睁开眼睛。

转头看到桌子底下那半张有着陈云的照片，她爬过去捡起来，然后勉强站起身，将抽屉里另外的有着自己的那一半照片拿出来，将两个半张合在一起，眼泪扑簌簌掉下来。

有人敲门，柳晓书打开，表妹牵着陈云的手站在门外面。

表妹说：“晓书姐姐，我一直都不想告诉你，那天是陈云哥哥把晕倒的你送进医院的。我不想告诉你，这么久以来，深夜你在看韩剧的时候，陈云哥哥都在外面站着。”

毕业以后，唐初夏再也没跟柳晓书联系。经过一场感情的风波，柳晓书跟那个大一的时候特别照顾她的男生就这样没了来往。

有时候柳晓书去参加同学会，听老同学说起唐初夏后来去了沿海的城市，而范雨虹则在北京发展，她才知道唐初夏和范雨虹也分开了，就像她跟陈云一样。

老同学都笑着说："当初爱得惊天动地的四个人，大家都以为会是班上终成眷属的两对，没想到还是分开了。"

她也附和着笑，想起了很多的事情：陈云弹《灰姑娘》时的脸，唐初夏让她做他女朋友被她打了一巴掌，范雨虹在她面前将脸埋在水龙头下面冲，然后她的心底忍不住发出深深的叹息。

毕业后的许多年里，她与陈云因为生活、工作、性格，分分合合，长久而疲累地纠缠着。读书的时候他们总以为彼此深爱着就是一切，内心充满勇敢和希望，觉得相爱了，便无论如何都要在一起，等到后来很多的事情逼过来，却措手不及，又那么不甘心，一直到心力交瘁。

待到她与陈云的身边都已有了另外的人时，她收到表妹发来的邮件。表妹已经考上了柳晓书上的那所大学的研究生，并且雄心勃勃地计划着当家里唯一的女博士，还发过来一张与一个斯文秀气的男孩子的照片，说："晓书姐姐，这个是我哥们儿，你看我们像不像兄弟？我们已经这样做兄弟快五年了，他说想让我做他女朋友。但女生谈恋爱怎么着都吃亏，所以我是绝对不会跟他交往的。"

机灵可爱的表妹已经变得知性恬静，长长的头发很柔顺，只是眼睛看起来那么执拗而沧桑。

她心里一直放着一句对不起想对表妹说，却一直开不了口，现在看来说不说都没有什么意义了。

她记得表妹曾问她什么是爱，她告诉表妹：只有你爱的人才能教会你什么是爱。

可是，她错了。有时候，不仅仅是你爱的人才能教会你爱情，当你一直在旁边看着别人的爱，那便是死结，足够左右你的一生。

「脚印」

那个冬天，我开始注意到一个很奇怪的女生，她留着很长的头发，额前的刘海儿自然微卷，穿着很单薄的白色衬衣，脸色苍白。她总是在学校里不停地走来走去，很匆忙的样子；她总是低着头看着地面，好几次眼看就要撞到我了，幸亏我及时闪开，不然以她那副单薄得一阵风就能吹倒的身板，肯定会被我撞倒在地。

当第一场雪纷纷扬扬落下来的时候，校园里陆续有女生换上了温暖而漂亮的棉衣。那天下晚自习以后，我让同桌冬冬陪我去学生会办公室拿我新买的靴子，几天前学生会开会的时候我把靴子忘在那里了。

冬冬站在外面等我，我打开门进入办公室，直奔办公桌，但我找了好久都找不到靴子。在我泄气地要出门的时候，我看到办公室窗户外面有一个苍白的身影一闪而过。

突然觉得后背吹来一阵冷风，我大喊着冬冬的名字。冬冬提着我要找的靴子走进来，奇怪地看着我，说："你怎么跑到这间办公室来了？上次开会的地方不是隔壁那间吗？"

我愣住了，才发现整间办公室满是灰尘和蜘蛛网，似乎已经很久没有人用了，而我的手上，也满是蜘蛛网。

这会儿已经是晚上十点，对面教学楼的灯陆续熄灭，只剩办公室里的小电灯泡摇晃着发出昏黄的光亮，整个办公室都是腐旧而破败的气息。

冬冬打了个冷战，说觉得心里有点发毛，然后我们两个急急地退出了办公室。出门的时候有人迎面撞来，我条件反射性地闪开，吓得魂都要跑出来了。

然后我看到了那个总是在学校走来走去的奇怪女生，她还是穿着先前的白色衬衣，但她竟然穿着一双大红色的高跟凉鞋，配着那

条黑色的粗布裤子，显得特别不协调。她稍微抬起头，用怪异的眼神盯着我，然后发出奇怪的笑声。

我的手死死地扯着冬冬的衣服，额头有冷汗冒出来，我说："冬冬，你看那个女生。"

冬冬只顾着往前走，头也不回，说："哪儿来的女生，这里除了我们两个，连个鬼影子都没有。"

我一下子被吓得脸色惨白，拉着冬冬的手，飞也似的往宿舍跑。

回到宿舍，冬冬跟寝室女生说起刚才遇到的事情。

寝室的女生突然沉默下来。我奇怪地说："怎么了？我刚才真的看到那个女生了，我以前也经常在学校遇到她。”

上铺的小雅轻声叹息，说：“听说上一届有一个叫冷滴的学姐，因为在那间办公室被抓到与当时的学生会主席约会，学校就说要开除两个人，冷滴学姐第二天就自杀了，所以那间办公室自去年起就没有用了。”

我突然觉得天旋地转，脑袋里不断浮现出这些天在学校碰到那个奇怪苍白的、应该叫冷滴的学姐时的场景，胃里一阵翻滚，然后冲出寝室，在门口呕吐起来。

我病了，好几天都躺在床上，睡着了就开始做梦。梦里的我在一片水里挣扎着，不知道该怎么呼吸，心里特别难受，然后有一个女生在我看不见的地方冲我笑，笑声猖狂而狠毒。

我放弃挣扎，心想死就死吧，这样的惊恐和挣扎实在太痛苦了。迷迷糊糊地，我竟然又梦到了另一个场景。在一个宽敞的办公室里，在清晨明媚的阳光下，一个男生紧握着我的手。男生看着我笑，露出洁白的牙齿，眼睛里满是温暖的笑意。我的手心沁出微微的冷汗，但我觉得心里充盈着无限幸福。

我睁开眼睛的时候，寝室一片黑暗。冬冬趴在床头看着我，说：“七七，从我下晚自习回来到现在，你的脸上一直泛着浓得化不开的幸福的笑容，你梦到什么了，可以让你笑得这么幸福？”

我摇头：“冬冬，我好像梦到冷滴学姐和学生会主席了，我敢肯定那个老是纠缠在我周围的女生是冷滴学姐，她想告诉我一些她和学生会主席的事情。”

我决定去找那个前任学生会主席。

在教学楼旁边的雪松园里，我看到了那个无比熟悉的背影。我直接奔上去，叫他的名字：“陈程。”

他转身，果然是那张梦中无比熟悉的脸，斯文，消瘦，眼睛里承载着满满的忧郁。

然后我没再说话，就这样看着他，眼泪哗啦啦地流下来，内心无限凄楚。

他惊讶地看着我，说：“你怎么知道我的名字？”

我眼睛一眨不眨地看着他，说：“你是前任学生会主席嘛，随便一打听就知道了。”我说了谎，在见到他之前，我从来不知道他的名字是陈程。

“最近冷滴学姐老是纠缠我，我想知道一些你们的事情。”

他的脸上现出浓重的哀伤，然后他说：“初中三年，以及后来上了高中，在同一个班，我一直暗恋她。高二的时候，我终于鼓起勇气告诉她我喜欢她，可是被班主任知道了。我爸妈还有哥哥都在市医院上班，他们都希望我将来考取一所好的医学院，但是他们知道我谈恋爱以后，都对我很失望。我也怕影响她的学习，所以跟她提出了两个人考上大学以后再说，可是没想到她会那么极端，第二天就……”

他难过得一拳砸在雪松树上，手上满是鲜血，雪松树上的雪花纷纷扬扬地落下来。

我好想过去帮他把紧皱的眉头抚平，但我硬生生地压下这个念头，转身就走，突然觉得心如死灰。

陈程叫住我，我转过身看着他。他欲言又止，然后叹息，说：“你以后还会见到她吗？如果再见到她，麻烦你帮我告诉她，我很想她。从开口说分开的那一刻开始，我就已经后悔了。”

回到宿舍以后，我直接爬上床，用被子蒙住头。冬冬担心地问我怎么了，我不说话，只是流眼泪，哭得稀里哗啦，只觉得内心无限沧桑和感慨。

半夜起来上厕所，打开宿舍门，我看到一个苍白的影子飘在半空，长长的头发，自然微卷的刘海儿，单薄的白色衬衣，一张如雪般惨白的脸仰起来，得意地看着我。我突然觉得不怎么可怕了，说：“我知道你是谁，你为什么要纠缠我？”

她笑了，露出白森森的牙：“应该是你为什么要纠缠着我才对！你不是说只要拾起这最后的脚印，就会走的吗？现在为什么迟迟不肯离开？你对他又动心了？”

我不解地摇头，说：“你是鬼，我是人。你不纠缠我，哪有我纠缠着你的道理？”

她放声大笑，嘲讽地看着我："雌性动物果然是最具自欺欺人的本能。"然后冲我龇牙，张开血盆大口，眼看就要把我吞进去。突然，冬冬一把将我拉回寝室，说："你站在门口自言自语做什么？"

我惊魂未定，感觉心脏都要跳出来，拿起新买的桃木梳子对着衣柜上的镜子梳头发，然后惊恐地看到镜子中一张完全陌生的脸在冲我笑。

我尖叫一声，歇斯底里地说："冬冬，她还要纠缠我，她不愿意放过我。"

"冬冬，镜子里的人不是我。"

全寝室的人都醒了，每个人都被吓得浑身起鸡皮疙瘩，不愿意从被子里出来。这时冬冬下了床，紧张得牙齿打战，看了看镜子，然后舒了一口气，说："没有呀，明明是你。"

我转过身去照镜子，镜子里的人冲我得意而猖狂地笑。

我慌忙看向冬冬："你看啊，看仔细，那个人不是我，我的脸不是那个样子的。我有两个很可爱的酒窝，我的额头上有条浅浅的疤痕，是小时候不小心磕在地上碰的，我的耳朵比她的大，脸比她的圆。你看，冬冬你看。"

大家都沉默地看着我，开始有女生发出惊吓的哭泣声，似乎生怕被我听到，小声地在被子里抽泣。

冬冬缓慢地往后挪着身子，结巴地说："七七，你没有酒窝，你的额头很光洁，没有任何疤痕，你的耳朵跟你的个子一样小巧，你的脸是典型的瓜子脸。七七，可爱的酒窝、浅浅的疤痕、大耳圆脸，那些都是冷滴学姐的面貌特征。”

我摇头，转身看着镜子里完全陌生的脸，死盯着她：“不对，你们都骗我。”

镜子里的人突然笑了，露出诡异的神色，嘴巴开始一张一合。我知道她在跟我说话，虽然旁边的人听不到，但是我可以。

她说：“冷滴学姐，我怎么可能不纠缠你？你说过，把这所学校里你曾经留下的脚印都拾起以后就离开，可是你用了我的身体那么久，却还是没有开始拾脚印。你知道吗？我等得好辛苦。”

那天晚上，高二女生宿舍302寝室的镜子突然自己碎裂了，所有女生都晕倒在宿舍里，只有一个个子小巧的女生，在镜子碎裂了以后，像游魂一样在整个校园里不停地走来走去，似乎要将所有的地方都走一遍，又似乎在捡什么东西。

陈程似乎在中途出现了大约二十分钟，女生不理他，一直弯着身子捡东西。男生塞给她一件东西以后，行色匆匆地离开。

第二天，奔走了一个晚上的女生终于疲累地走到男生宿舍楼下，蜷曲在旁边的路灯下沉沉睡去。早上醒来，那个女生不记得近两个月发生的事情，只觉得自己昏睡了好久，而手里男生送她的东西也不翼而飞。

我叫冷滴，一个注定不会幸福的名字。很久以前，有人对我说，人死了，如果觉得此生不够幸福，将自己留下的脚印一步步慢慢地拾回，快乐的、忧伤的，全部拾回，不留下一点痕迹，这样下辈子的人生就会圆满一点，快乐一点。

在我短暂的十七年生涯里，我一直觉得自己很不幸福，所以在知道我已经死了以后，我去了。

那个我爱着的男生，他将我们初一第一次见面时落在我肩上的樟树叶给了我，他说他已经保存了六年，他那样热烈地爱了我整整六年。

他还说：看到她的瞬间，我就知道她是你。对不起，虽然让你这么不幸福，但还是感谢上苍让我遇见你。

我将以前的脚印都拾起以后，用一个叫七七的女生的身体，将我在学校里的脚印也一一拾回。我不知道这有没有用，然而，男生那晚说的话和那片樟树叶，已经足够我幸福很久很久。

逃不过悲伤

江南小镇的秋天满是潮湿的感觉，天空中团团乌云压下来，路上的行人急匆匆地奔走。小镇的石板路上满是各样鞋恐慌急促的嗒嗒声，黑色的大头鞋、艳丽妩媚的高跟鞋、稚嫩的娃娃鞋、沧桑的平底布鞋等。这中间，一双花俏怪异的坡跟鞋踉跄着加进来，惊恐地往鞋子最密集的地方挤，然后站定。十三岁的少女布布稳稳地转身，在满是行人的街道上，紧盯着后面那个眼神阴鸷、穿着破烂土气的十四岁少年，用不属于她这个年龄的姿势撩拨着肩头的长发，挑着眉，小声却清晰地说："跟踪狂。"

少年不吭声,手紧紧地抓着挎包,对上布布的眼睛,沉默而固执。

布布上前，紧贴着少年站着，略微发育的上围几乎要触到少年的胸膛。少年敏感地退后，瘦黄的脸羞得通红。

布布见状得意地笑起来，然后趁少年来不及反应时，一把将少年推倒在地，转身就跑。她用手举着书包摇晃着，长长的头发随风飞扬，一路都在大声地笑。

高一新生开学，布布穿着漂亮的裙子，头发用夹子固定成优雅的髻。她一进教室便引起班上的骚动，所有人的目光都集中在她身上。

很多同学昨天就已经来占好了座位，只有一个男生旁边的座位是空着的，老师安排布布坐他旁边。布布看清楚男生的脸后，大声地说："老师，我不跟跟踪狂坐在一起。"

布布的妈妈扬手要打她，她固执地仰着头，说："他本来就是跟踪狂。初三的时候他每天都跟踪我，放学后又粘着我不放，不信你问他。"

班主任严厉地看着男生："程格，你说有没有这回事？"

程格一直低着头，班主任叹息："程格是镇里孤儿院的孩子，因为好心人的资助才能上高中。他性格有些孤僻，但是不至于做太出格的事情。"

布布妈妈尴尬地推了推布布，愧疚地说："这丫头野惯了，经常乱说话，老师以后要多管教她，不然她指不定惹出什么祸来。"

第二天，班主任正式安排座位。因为是班上最高的女生，布布如愿坐在了最后一排。而程格还只有一米五的身高，只达到布布的肩膀，在班上属于最矮的男生，所以他坐在了第一排教室门口的座位。

因为桌子空间太小，程格各式各样的资料书非常多，在课桌上高高地堆着，把他的人都遮住了。布布每次从门口经过，都故意去蹭他桌子上的书，本来就堆得摇摇欲坠的书都轰隆隆倒在地上。程格埋头捡书，布布幸灾乐祸地笑了。

因为开学那天的事情，班主任对布布的印象很不好，总是皱着眉头，担忧地看着她每天打扮得跟个小妖精似的。

班上的男生、女生却主动跟布布亲近，因为她可以不把老师们的脸色放在眼里，穿各种各样漂亮的衣服；她可以一整天都趴在桌子上睡觉，考试的时候却稳居第一；她可以每天都收到高年级的学长写的字条，却看都不看一眼便扔进垃圾桶，她真的是太“拉风”了！

布布迅速发展了两个好姐妹：一个是学习委员碧清，喜欢以女强人的方式思考和回答问题；另一个是布布的同桌颜颜，只要别人有稍微强于她的部分，她便以仰望的姿势看着那人，是个习惯了仰望的小女孩。她们都是班上身高较高的女生，座位挨在一起，经常穿相同颜色的衣服，吃同一个牌子的冰激凌，手挽着手快乐地在校园里行走。

平安夜，三个人在晚自习的时候偷偷溜出教室，然后在教学楼后面的桂花树前集合。布布示意她们都把头放低一点，然后拿出背包里的溜冰鞋，神秘地说：“这个是我妈妈从上海带回来的，可以自动折叠当跑鞋穿的。这种款式这里还没有，我们现在去中心广场，那里很多学生玩这个。我这个是最新款，我们穿这个上去肯定帅呆了。”

然后三个人像小偷一样，小心翼翼地走到校门那儿。学校实行封闭式管理，只有放假的时候才会开门。三个人一路排开，齐齐爬上学校的大铁门。

颜颜和碧清都安全地跳到了门外面，只有布布一个人还在上面下不来，原来她的裙子被铁门上面的一根铁丝钩住了。

颜颜焦急地看着教学楼那边，说："值班的叔叔就要过来了，这可怎么办呀？"

碧清正想要爬上去帮她把裙子解开，但看到铁门那边出现的身影后却吓了一跳，那个人是程格。

他站在铁门下面，仰头看着布布，说："要我帮忙吗？"竟然是变声期男生普遍的那种嗓音，一点都没有他外貌上温文而安静的气质。

布布不理他，铁门上凸出的尖利部分扎着她的大腿，传来阵阵疼，眼泪在眼眶里打转，被她硬生生吞下去。

程格爬上铁门，眼看就要勾着布布被挂住的裙子，布布却抢先一步跳了下去，裙子被铁门撕扯下一大半，露出她雪白的大腿、粉红的内裤。

颜颜赶紧将身上的外套脱下来，让布布包住腿。布布转身狠狠地瞪着程格："跟踪狂，看什么看，你要是敢把今天的事情说出去，我就打你。"

然后三个人雀跃地离开了。布布已经把颜颜的衣服捆在腰部，遮住了露出来的大腿部分。到了马路边，经过的人都回头看着布布奇怪的打扮，然后她们三个人笑成一团。

颜颜忧心忡忡："布布，你说程格是不是已经看到你的内裤了？"

碧清摇头："应该不会，天那么暗，而且程格有近视眼，想看也看不清楚呀。"

颜颜仍然很不放心的样子："布布，你说他初三一直跟踪你，是真的吗？他是不是喜欢你呀？"

布布诡秘地笑："颜颜，你喜欢上他了吧？那么紧张他。"

颜颜立刻羞红了脸："哪有！我只是担心你而已，好心被当作驴肝肺。"

布布一把挽着颜颜的手臂："得了吧，我自己都不担心，你有什么好担心的？上次你一直在艾锐利盯着一个书包看，说要在这个月的生活费里存下五十块钱去买，就是要送给他的吧？"

颜颜小声地说："前阵子还要卖一百多，现在一下子打折到了五十块钱，真的好便宜呢。"

碧清吹了一声响亮的口哨："哇，我们的颜颜美女思春啦。"

颜颜开始喜欢唠叨程格的事情，天天"程格"不离嘴。

"程格的成绩真好，每次都是第二名，跟布布一样是个天才。程格真有教养，在公交车上看到老人会主动让座。程格又长高了，这个学期他几乎长了十厘米，可是他怎么不多吃饭呢？越来越像竹竿了。”

受颜颜的影响，布布有时候上课觉得无聊，也会朝最前面的程格看去。他的头发还是那样脏兮兮的，身上的衣服也破旧得不行，那个资助他的人怎么就不能再大方点，给他寄几套像样的衣服？还有那个从初三起就开始背的书包，已经严重变形，看起来满是油疙瘩。可是他似乎一点都不在意这些，每天都埋身习题里，对任何人都能报以亲切明朗的笑容，似乎满世界都是灿烂的阳光。

月底了，颜颜果然节约下五十元生活费。那天晚上颜颜兴奋地说个不停，扯着布布的胳膊，要她明天陪着去买书包。

碧清取笑她：“你是不是打算明天送书包的时候说？”

颜颜不理碧清，摇晃着布布的胳膊，要布布明天陪着她去买。

布布敷衍地点头。颜颜雀跃地洗完脚，然后上床熄灯，确认那五十块钱在裤子口袋里才放心地睡觉。

第二天，天刚刚亮，寝室里便传出嘈杂的讨论声音。看到布布起床，颜颜用几乎要哭的声音说：“布布，我的钱不见了，我要给他买生日礼物啊。”

碧清惊讶地道：“怎么会？睡觉的时候我不是看你放进牛仔裤口袋了吗？”

布布急忙接话：“是不是掉到床底下被风吹走了？或者你半夜

上厕所的时候不小心掉到什么地方了？”

颜颜看了看布布，欲言又止。

那几天，其他女生都在讨论寝室里老是丢钱的事情，怀疑寝室里出了内贼。

只有她们三个一反常态，都不出声，一下晚自习就各自窝进被子里，蒙头睡觉。

程格生日那天，有人快递来一个包裹，是一个大大的生日蛋糕，外加一盒酒心巧克力。班长提议晚自习以后大家在教室给程格唱《生日歌》，然后大家一起吃蛋糕和巧克力。

颜颜黯然地出了教室，碧清也跟着溜了出去，两人在教学楼前面的操场上走了一圈又一圈。颜颜的眼睛红红的，显然是哭过了。

布布一个人坐在操场和教学楼中间的阶梯上，双眼茫然地看着满是星星的夜空。

颜颜和碧清开始刻意避开布布，不怎么跟她说话。两个人在课间休息的时候会在教室外楼道的尽头小声地说话，看到布布出来，便不约而同地噤声，然后转身进教室。

后来，寝室里一个家境不怎么好的女生不见了两百元钱，发现钱不见以后，马上哭着找来学校保卫科的人，然后在寝室门口堵住要出去的布布，指着她的鼻子说：“就是她！就是她老是偷寝室里女生的钱！我们寝室自开学以来一直有人被偷钱，十元，二十元，五十元。每个人都在寝室里丢过钱，就她没有，跟她玩得好的颜颜和碧清也觉得是她偷的！”

保卫科的人都惊讶地看着布布。

布布的成绩在班上是最好的，而且她长得很漂亮，经常被领导点名在学校举行的各种活动上代表优等生发言，学校里的教职工几乎都认识她。

见保卫科的人不作声，丢钱的女生急了起来，扑过去要搜布布的口袋。布布力气小，推不开她，然后她高声说：“看，就是这两百元！我有在这上面写字，‘158’，这上面写的三个数字是我的学号！”

全寝室哗然，全班哗然，全校哗然。

学校领导特意赶来保卫科，问她是不是缺钱花，有什么难言之隐，一副惋惜又心痛的样子。布布却一直斜着脑袋看着某个地方，却又不确定是在看什么，铁了心不说话。

学校领导生起气来，觉得她已经无可救药，严肃地说：“陈布布，你要是还不交代清楚，态度顽劣，学校就只能依据校规处理了。”

学校保卫科的人开车把布布送回家，车停在布布家门口，隔壁家的人都聚在周围。布布妈妈知道布布是因为偷窃被遣送回家以后气得直咳嗽，她的身体一向不好，这次甚至咳出了血丝。

一直在屋子里的布布爸爸走了出来，手里拿着大木棍就朝布布的脑袋砸下来。布布吃痛地蹲在地上，布布爸爸又劈头盖脸地挥棍子打下来，布布的小腿和手臂上满是瘀青。

保卫科的人拦着布布爸爸，担心会打出人命。

布布趁机站起身，说："你有什么资格打我？你只不过是一个跟我没有任何关系的老头子！我就是要偷给你看，不仅要偷你的，还要偷别人的，丢尽你的脸。"

布布爸爸扬手又要打她，她见状转身就跑，消失在小镇的巷子尽头。布布妈妈在后面艰难地追过来："布布，不能走，回来。"她的话还没说完，人就晕倒在地上。

布布妈妈病倒后，布布爸爸整天在布布妈妈身旁照顾着，布布出走就一直没回来。

是程格去找的她，那时她已经在外面游荡了几天。她刚从小镇唯一的酒吧出来，喝醉了，正被两个男人搀扶着在大街上游荡。布布大声地唱歌："我从山中来，带着兰花草，种在校园中，希望花开早。"男人附和着猥琐地笑。

程格一直跟在他们后面，隔着几米远的距离，手里拿着一块砖头，因为紧张，拿砖头的手青筋暴起。

两个男人的脑袋碰在一起，显然是在商量谁去收拾程格。然后一个浑身都是横肉的男人过来，恐吓般地说道："小朋友，乖乖回去写作业，不然老子一拳头下来你可吃不消。”

他的话还没落音，程格已经一砖头砸过去。男人肚子被这扎实地一击，痛得弯下身去。前面那个人见状，将布布扔地上，也走了过来，从腰间抽出一把匕首，冲程格不停地比画。他正要往程格那边去，后脑袋却被硬物重击，用手一摸，竟然满手是血。

布布在后面站着，手里拿着石头，说：“你们还不跑？我刚才已经报警了，待会儿警察来了，我可指不定胡乱说些什么。”

两个男人骂骂咧咧而去。布布在中心广场的花坛那儿找了一个水龙头，对着凉水洗脸。清醒了以后，她说：“今天的事情不准跟任何人说，否则我打你。”

这已经是她第二次说要打他，他却笑了，果然是倔强的精灵。

布布莫名其妙地骂道：“神经病。”然后一个人走了。

程格一直盯着布布的背影，眼神清澈，干净无瑕，只是他没想到，后来她就像消失了一样，他再也没在镇里见到那个总是处于战斗状态的女生。好几次程格在布布家门口晃悠，希望能和她不期而遇，直到有人告诉他，她主动要求家里把她送到南方的姑姑家读书。

再见她，已经是三年后的大一。那天程格带着大包小包的行李，从公交车上下来，一眼便喜欢上这所温厚沉静的校园。校门口新生接待处的学长热心地帮程格把行李放下来，问他怎么没有家长陪同。他刚要说他没有家长，布布就从后面蹦跳出来，拍着他的肩膀，说：“跟踪狂，你还记得我吗？”

她好像还是那么高，而他自高中以后就不停地长高，现在已经比她高出两个脑袋了。她穿着黄色的T恤、牛仔中裤，脸色比以前红润了一些，身子也没有以前那么单薄，而且脸上的笑容似乎也阳光灿烂了很多，已经看不到三年前那个孤僻、尖锐的小女生的影子。

两个人竟然是同一年级、同一专业、同一班。第一天上课，布布将专业书扔到程格旁边的座位上，然后坐下来，认真地盯着程格，说：“跟踪狂，你不会是一路跟踪我上的这所大学吧？这几年你是不是一直在我看不到的角落，密切监视着我的行踪？”

程格笑道：“对啊，我一直监视着你，你做的坏事我可都记录下来了。”

布布斜眼看他：“少来，就你那孤儿院小孩的可怜气质？”

程格的脸阴沉下来，似乎被说到了痛处。布布赶忙说：“好啦，看在你以前对我那么痴迷的分上，我就收你做我兄弟了。等着吧，咱俩联手，肯定能把这所学校搞得面目全非。”

接下来，她竟然真的把程格当成兄弟一样，没事就把他叫出来一起在学校晃荡，动不动就特别有气势地拍他的肩膀，说话也没一点顾忌。

程格发现布布并不想在学校谈恋爱，甚至每次说起对她死缠烂打的男生都一副深恶痛绝的样子。对待那些追求者，她甚至很“恶毒”。记得有一次，隔壁系的一个男孩特别迷恋布布，几次表白遭拒绝以后，站在图书馆的顶楼，扬言布布要是不做他女朋友就跳下去。

全校师生聚在图书馆下面，都等着看她如何反应。结果她一边津津有味地吃着手里的冰激凌，一边慢悠悠地站到男生面前，然后一把将他推出去。

男生死命抓着栏杆才没掉下去，身子在栏杆处摇晃着，脸色吓得惨白。

布布将冰激凌的棍子扔到地上，轻蔑地说：“有点诚意好不好？手抓得那么紧，还说什么跳楼？”

自此，陈布布便成了全校师生眼里的“冷血动物”，那些雀跃地扬言非追到她不可的男生们也都沉寂下来。

后来程格在课余时间找了几份兼职，总是很忙碌的样子，渐渐也很少见到布布。

大二开学，布布早早地拖着程格去火车站，说要给程格一份惊喜。程格问她是什么惊喜，她又不说，只是神秘兮兮地看着他，那表情让他觉得特别邪恶。

他在火车站出站口等了很久，似乎布布要等的车次到了，然后她一直抻长脖子看着左右出站的人，直到所有乘客几乎都出站了，一个穿着白色连衣裙的女生才拖着一个皮箱慢悠悠地走出来。皮箱似乎很重，她拖着非常吃力，不时抬头看向出站口外面，一副楚楚可怜的样子。

布布大叫：“颜颜！”然后两个女生尖叫着奔向对方，发出奇怪的“啊啊”声，似乎不这样不足以表达她们久别重逢的喜悦。

程格模糊地记起她似乎是布布高中时玩得特别好的姐妹之一，他记得高一的时候，每次上课回头往布布的方向看，都会对上她的眼神，婉转又热切。

颜颜成绩本来就不怎么好，复读了一年才考进这所学校，原来是布布给颜颜写了信，透露了她和程格读同一所大学。

然后他们迅速发展成“三足鼎立”的友情。

程格发现，跟高中时的同学在一起，布布的某些“习性”又开始发作。布布老是拿颜颜的衣服，在颜颜不会出现的场合穿，然后兴高采烈地问周围的人好不好看。她还打开颜颜的抽屉，见钱就拿，也不管程格就在旁边看着。

颜颜总是隐忍着，她的心思全放在程格身上，顾不了其他。

渐渐地，程格不怎么见她们，总是以兼职忙为理由避开和她们见面。

那天，布布去颜颜寝室叫她一起去学校电影院看电影。颜颜站在寝室门口，看见布布在翻她的抽屉，欲言又止。

下楼后，她们正好看到前面程格和一个女生肩并肩走在一起，女生不时朝程格抛媚眼，笑得花枝乱颤。

颜颜转身就走。布布跟在后面问她怎么了，她不说话，走进寝室后，抓起桌子上的杯子就砸到地上，发出尖厉的脆响。玻璃碎片溅得到处都是，然后她趴在床上哭起来。

布布生气地说："现在是你喜欢人家，人家不喜欢你，你有必要撒气给我看吗？"

颜颜转过身来，恼怒地说："早知这样，你当初就不应该让我来这所学校。你让我来这里，就是受你欺辱的吗？"

布布愣住："什么？"

颜颜豁出去了，说道："你别装了，还以为别人是傻子呢？你拿了我多少衣服和钱了？盒子里随手放的两块钱你都能翻出来，你这个样子是心理变态！高一的时候，你就该去看看心理医生了。"

布布转身就走，她使劲一推寝室的门，震得旁边的床铺摇摇欲坠。

布布给程格发短信，说："程，下楼，我在楼下等你。"

程格刚从兼职的店回来，正准备睡觉，接到短信后，胡乱穿上衣服就下了楼。

他远远地看到布布站在宿舍楼下的花坛边，正沿着花坛的边沿来来回回地走。听到程格的脚步声，她雀跃地转身，程格突然忆起十三岁的布布发现自己在跟踪她后突然转身时妩媚的姿态。

她缓缓地靠过来："程格，你还是那个跟了我一年多的跟踪狂吗？"

程格点头，带着无可奈何的凄楚。

她却兀自沉浸在自己胜利的喜悦里，说："我们在一起吧。"

程格愣住了，来不及消化这句话的含义，布布已经欺近身来，笨拙地将嘴唇贴在他的嘴唇上。

直到确定站在不远处的颜颜黯然离开，布布才从程格身旁走开，说："别以为过了今天就可以不算数，从明天开始，你要像其他谈恋爱的男生一样，每天准时在我宿舍楼下报到，听到没？"

然后她转身离开，边走边不停地擦嘴巴，生怕上面沾了程格的口水。

第二天，学校发布消息说要举办模特大赛，所有女生都可以报名参加，前十名还可以加入学校的模特队。布布兴奋地打电话给程格，告诉他今天的约会取消，她要去置办参加模特大赛的衣服。

那天布布用自己买的一块薄纱的布料裁剪出款式特别的裙子，

轻而易举夺得了比赛的冠军，却也惹来学生会主席对她穷追不舍。

自那天说要约会以后，布布开始找各种理由不见程格，似乎在思考该以怎样的状态去见他，如何在一起说话、走路才会像一对情侣。

学生会主席却天天守在布布宿舍楼下。

布布下楼，用她惯有的对付追求者的淡漠口吻说：“怎么，就这么迷上我啦？”

学生会主席显然没料到她这样的口吻，一时没反应过来。

布布轻蔑地说：“我们不合适，以后不要再让我在这里看到你。”

学生会主席显然被激怒了，他一把扯过布布，要她跟自己走。布布挣扎，说：“你再不放手我可要喊了，你一个大男人还要不要脸？”

学生会主席用力地扭过她的头，不容反抗地低头吻她。

布布一个巴掌甩过去。学生会主席是典型的世家子弟，没受过这样的侮辱，也一巴掌回过去，然后转身走了，留下布布一个人站在那里气得浑身发抖。

第二天便有八卦者将两人亲吻的照片传了出来，贴在校园最显眼的位置，一大早便有好多的人围在那里看。照片旁边用艳红的笔写着：“学生会主席与模特比赛冠军恋爱曝光照”。

布布听到消息赶来，一把将照片撕下来，怒气冲冲地对着围观的人喊："谁干的？有本事站出来。"

颜颜站在前面紧握着拳头，似乎很想揍布布一拳。

晚上，三个人终于又聚到一起，坐在教学楼前面的草地上。

程格和布布都不说话，颜颜终于眼泪泛滥，说："我承认我喜欢程格，可是这样有错吗？你为什么要跟我抢？从高一开始，我喜欢的东西你都要抢，这样很好玩吗？只是因为我们不忍心伤害你，所以别人对你的好就都可以变成你的筹码吗？"

"高一的时候，哈，接下来要说丢的那五十块钱了吧？你们一直都认定是我拿的，所以觉得没必要质问我了，是吗？我现在告诉你，是我拿的又怎么样？我就是要抢你喜欢的东西，怎么样？你们都不说，都让着我，哈，别以为这样我就会感激，以为这样你们就有多高尚、多伟大！你们都是伪君子。"

程格一巴掌甩过来，布布原本被甩过耳光而红肿的脸，一下子肿得更加厉害。

程格沉声说："不要老是为你做的事情找理由，你知道这样会让爱着你的人很失望吗？"

布布恼怒地看着他："失望了吗？这样正好，恭喜你们破镜重圆，重修旧好。"

程格叹息："为什么你就不能退让一下，就不能软弱一回？周围的人为了成全你的倔强和强硬，付出了多么大的力气，你知道吗？”

布布愣住了。

快要期末考试，家里打电话过来，说布布爸爸出事了。

布布赶紧收拾东西去了火车站，没想到在火车站遇到程格。两人的座位连在一起，他们面对面坐着，程格一直不说话，沉默地看着窗外。

布布胡乱地翻着杂志，自那天以后她已经一个月没见程格，此时见面觉得很尴尬。然后布布惊讶地看到程格脸上的泪痕，她很少看到程格有情绪化的反应，笑都很少看到，更别说哭了。他依旧不出声，看着外面，眼泪不停地往下流。布布不问也知道，肯定是有浓重的悲伤包围着他。

布布突然觉得心里堵着沉重的东西，很想哭，索性趴到桌子上，用杂志盖着脸，假装睡觉。

之后，两人竟然上了同一辆公交车，到了同一所医院。

布布妈妈一反常态，不看布布，径直奔到程格面前，眼泪直流：“孩子，阿姨对不起你，阿姨一直不知道你几年前就来了这个镇子啊！”

医生从病房里出来，说：“患者要求见见两个孩子。”

布布木然地走进病房，面无表情地看着病床上的那个她应该叫爸爸的男人。他刚出车祸，因为坚持要见她和程格才硬撑着没咽下最后一口气。

布布爸爸要程格跪在他面前，对着旁边的布布和布布妈妈发誓，这辈子都不会离开她们母女，要替他好好照顾她们，他欠她们的已经够多了。

布布绝望地奔出病房，布布妈妈在后面痛哭着叫："布布！"

很少有人知道那个男人是布布的继父，她的亲生父亲突然消失以后，布布妈妈选择了这个离婚几年还没另娶的男人。然后他们全家搬迁到一个没有任何熟人的地方，过着亲密无间的一家三口的生活。

十三岁的时候，继父开始怀疑布布妈妈跟别的男人暧昧不清，周围的人也都在说着布布妈妈跟镇里某个男人的地下情。

十三岁的布布经常要照顾喝得烂醉如泥的继父，在布布妈妈两天两夜没有回来的情况下，继父又喝醉了。

他第二天醒来，看到布布蜷曲着身子瑟缩地蹲在床底下，手里拿着菜刀，惊恐地瞪着双眼看着外面，一个星期都没有出来。

继父后悔莫及，布布却从此变成一个早熟而性格怪异的女孩。她开始不跟家里的人说话，看人的眼神变得狠狠的，偷他的钱出去乱花，被母亲发现了，指责她也无动于衷。渐渐地，她索性不回家，经常在外面游荡，直到后来布布妈妈把她送到姑姑家读书。

程格在小镇唯一的江边找到布布。她蹲在江边的一块石头上，机械地看着江水漫过石头，浸湿了她的坡跟皮鞋。

发觉程格站在后面，她激烈地转过身，退到江水里，裤子被浸湿了一大半，摇头道："走开，不要让我看到你。"

程格沉默地看着她，固执地站在那里一动不动。

布布泪流满面，不停地拍打着江水，衣服全部湿透，头发也湿淋淋的："死了？终于死了？诅咒这么久，看来真的有作用啊。

"你们父子俩可真恶心，老子是个魔鬼，却派个儿子伪装成天使来守护我。你真的以为自己有多么了不起？你只是一个让他良心不被谴责的道具而已。

"他都不敢认你，把你放在孤儿院。你可真是可怜。"

程格是继父与前妻的孩子，离婚的时候他被判给了母亲，后来他母亲跟一个男人去了国外，便给了他父亲的地址，要他来找父亲。因为布布妈妈曾经说过，她之所以选择跟程格爸爸在一起，很大一部分原因是因为他没有小孩，能把所有的爱给布布，所以他迟迟不敢把程格接回去住，出了那件事情以后，就更加不可以带程格回去了。

他只是每隔几天来看程格，带给程格足够的礼物和钱，忍不住在程格面前掉眼泪，反复说："我对不起那对母女，程格，如果可以，一定要帮爸爸减轻一点罪孽。"

程格自此在布布的眼前消失。布布大四一年都没在校园里碰到他，不确定他是故意躲着自己，还是已经休学了。她经常在校园里走着走着就突然转身，怀疑他就在角落里看着自己，或者在教室上课时，总是控制不住回头，却看到满教室陌生而呆滞的脸，没有那张熟悉的面孔。

毕业六年后，布布已经辗转在北方一座经济发达的城市做技术顾问，每天穿得体的套装、精致的高跟鞋，笑容礼貌，表情淡漠，是一个正常得不能再正常的都市白领。

晚上一个人时，她打开笔记本电脑，偶然翻开大学的校友录，看到一张颜颜和程格的结婚照，然后遏制不住地笑起来，笑得眼泪都出来了，她以为这几年来他会一直在某个角落看着自己。

布布鬼使神差地拨了颜颜的手机，还没开口，就哽咽得不能言语。她惊讶不已，自己竟然在颜颜面前哭了，为什么要哭？

她急急挂了电话。

颜颜打过来，布布不接，电话转到自动留言。颜颜说："布布，我和程格没有在一起。我们结婚照都拍好了，可是他又后悔了。他先去了广州，然后又去了西安，你跟同学透露你去过的所有城市，他都去了。布布，他在找你，一直……

“布布，如果可以，原谅他吧，不管是谁的错，青春经不起这么厚重的固执和错过。”

窗外的凉风吹进来，窗帘随风晃动，是深秋冷得让人汗毛竖立的风。布布瑟缩着身子，终于泪流满面，嘴巴一张一合，发出含混的声音：“程格，我在这里。可是，你又在哪里？”

烟花那么凉

第一眼看到小薏，刘恋就开始后悔，这种后悔一直贯穿着刘恋以后漫长的大学生活，无休无止。那天上晚自习，同学李李像个土拨鼠一样钻到刘恋旁边的座位上，无比激动地告诉刘恋，那个苦追刘恋的研究生林子此时正被全校有名的八卦委员小薏调戏，场面惨不忍睹。

刘恋满脸疑惑地赶到李李描述的“现场”，果然看到林子无奈而委屈地连连后退，而那个她早有耳闻的女生此时正满脸轻佻地逼近林子。林子看到她后，如见救星般脱口而出：“刘恋！”却没有防备后面的一大丛月季，一个退步，整个人跌进月季丛里，发出惨痛的叫声。

小薏见状大笑出声，她体重一百三十斤，此时正夸张地笑得前仰后合，带着嗲音，让刘恋听得汗毛竖立。很显然，八卦委员对林子一见钟情，而且志在必得。

刘恋想趁自己还没被卷入这场恶战前赶紧走人，不料小薏转身时正好看到教学楼前面的刘恋，她黑发白裙，瘦削羸弱，像个不食人间烟火的女子。

然后小薏就得意地朝刘恋走过来，嘴里发出啧啧声：“你就是校花刘恋？果然是个大美人啊。”

小薏似乎已经忘记了自己刚才还在与如花美男林子开玩笑，这会儿却一个劲地靠在刘恋身上，问她用什么护肤品，穿什么牌子的衣服，一般买哪类小资的书或者影碟，喜欢上网还是看电影……

等到刘恋求助地看向周围时，她才发现林子和李李早已溜之大吉，只剩下那排被弄得东倒西歪的月季丛。刘恋顿时醒悟——今天的牺牲品可能不是林子，而是她。

此后全校师生都惊奇地发现，八卦委员小薏和校花刘恋似乎一夜之间成了最亲密无间的好姐妹，无论校花在什么地方出现，胳膊必定被小薏挽着，很多人都猜测：两人洗澡的时候是不是也挤在同一间浴室？

刘恋发现，小薏的消费高得惊人，扣除学杂费、住宿费、三餐饮食费和交通费之后，她每个月花费的钱仍是刘恋每月生活费的好几倍。小薏花费得最多的还是减肥费，要买减肥药，去减肥中心做按摩针灸，练瑜伽，跳有氧操，扭肚皮舞。用小薏的话来说，是这肥肉万分满意自己的生活环境，不忍心离她而去，但是钞票早已明珠暗投，飞入他人的腰包！

刘恋偶然翻到小薏高中时的毕业照，发现她高考前还明显有着小蛮腰，而现在才大一第二个学期，怎么突然就胖得这么厉害？

小薏泪眼汪汪地哭诉自己可怜的童年时期，以及读大学之前的青少年时期。

大学之前的小薏不算“败家”，因为她既没有钱，也没有家可败。她家里有姐弟两个，父母都在经商。由于老爸比较能赚钱，所以家里的经济水平在城里算得上是上等。不过她却一点都没有感觉家里有钱，因为那时候父母工作太忙，弟弟又比她小十岁，父母实在没有精力照顾她，所以从小学到初中，她都是在亲戚家寄住，高中则是在学校住宿，也就只有寒暑假才回家。

小薏妈妈是一位开朗乐观的职业女性，八十年代第一批下海经商的人。她为人很大气，所以有点粗枝大叶，直接把生活费交给亲戚，甚至没想过女儿也到了穿花衣裳的年龄了（因为她自己就不讲究穿戴）。

总之，可怜的小薏除了每学期得到的奖学金（奖学金是亲戚家设置的，前十名给十元；前五名给二十元；第一名给五十元），就没有其他零用钱。她最窘迫的记忆，是有一次她实在找不到换季的衣服，便穿了外祖父的衬衫去上学，结果校长以为她是从哪个灾区跑出来的特困生。

等到终于考上了大学，跟父母住在同一个城市，得到解放的小薏将多年的苦水毫不留情地向她老妈倒过去。她老妈知道了以后，悔得肠子都青了，咬牙切齿地发誓：一定要将她这几年受的苦都弥补回来！在两位家长的关爱与弥补心理下，小薏奢侈的大学生活正式拉开了帷幕。坎坷的成长之路导致的后果是，小薏养成了严重的大手大脚的习惯，手头一有钱，就一口气买两碗豆浆，一碗喝了，一碗砸个稀巴烂！当然，豆浆只是一个比喻，不然小薏的体重也不会在短短的三个月内从九十斤迅速蹿到了一百三十斤。

据小薏透露，两年前她在网上认识了林子，那时候林子还在这所学校读本科，两人网恋得死去活来。因为林子，小薏发誓一定要考上这所大学。拿到录取通知书的那天，小薏打开老爸给她新配的笔记本电脑，带着万分激动的心情登上QQ，告诉林子这个惊人的消息，结果他却告诉她，他已经拿到毕业证，在沿海城市上班。因为这个不小的打击，小薏对感情完全失去了信心，所以一直安心、卖力地做着她的“八卦委员”，学校里稍微有点名气的人的感情走向她都了如指掌，并且总是在第一时间将消息发布出去，比“狗仔队”还勤恳、认真。

刘恋很好奇林子为什么要骗小薏说他在沿海城市，小薏立刻从眉飞色舞变得可怜兮兮：“可能是因为我突然变胖了，他不喜欢我了吧？”

刘恋摇头：“不对呀，你们见都没见过，他怎么知道你变胖了呢？莫非你连自己变胖的消息都迫不及待地告诉他了呀？”

小薏立刻两眼放光，恍然大悟道：“对呀，我怎么没想到？林子哥肯定是有什么不可告人的委屈。”

刘恋刚想说不可告人的应该是秘密而不是委屈，就被小薏拽着一起去找林子了。

宿舍楼下，她们碰到学姐唐青，唐青是学校最大的协会——“绿源协会”的会长兼创始人，曾经组织过多次大型的环境保护的宣传活动，还被本地的电视台多次报道。据说国家环保协会在整个省唯一的湿地保护点就设在了这所学校，而且负责人就是唐青，她可是一个比学生会主席还出名的风云人物。

刘恋没来得及跟唐青打招呼就被小薏强行拉走了，因为她前阵子出去做湿地保护的宣传，刘恋已经一个月没见到她了。为了表示抗议，刘恋咕哝道：“你就知道迷恋男色，唐青学姐这样的极品女人都不看一眼。”

小薏眼皮都不眨一下，说：“唐青，绿源协会老大，被你 PK 下来的前任校花，从来都不会向人示弱，是个性格刚烈的女生。在学校两年她都没跟谁特别亲近过，没有跟任何男生暧昧过，除了对你这个将她的校花头衔 pk 下来的、没有头脑的花瓶特别照顾之外，基本上属于‘冷血动物’。”

刘恋被吓了一跳，小薏将唐青调查得这么清楚，不愧是八卦委员啊。唐青学姐对刘恋的确特别好，那时候她刚进学校，满心惊奇，就和班上的一个女生一起慕名加入了绿源协会，谁知道一加入协会就要开展一系列的活动，她们天天坐车到乡下，在太阳底下翻山越岭地发传单给山林周围的住户，宣传环境保护意识。这对整天与咖啡和时尚服装为伍的刘恋来说，简直就是地狱般的煎熬，没几天两人就累趴下了。在听说下一个任务是去偏远的小镇进行湿地沼泽的调查后，两人灰溜溜地半路退出了。

刘恋退出以后，唐青学姐特意来找她询问原因。刘恋支支吾吾地告诉学姐，她实在受不了那个苦。她的表情万分惭愧，谁知道唐青学姐却扑哧地笑起来，说："早就知道你不适合做这些事情，不过你坚持了这么久，还真让人刮目相看呢。"

刘恋原本就很仰慕唐青学姐的才能，此时唐青的气魄更让她敬佩，从此两人成了知心朋友。她们虽然不像别的姐妹淘那样天天黏在一起逛街、吃饭，但是总会把对方放在心里，学习或者生活上有什么收获，第一个想到的就是告诉对方。刘恋打心眼里把唐青当姐姐，甚至把唐青当作她空虚的大学生活里的精神支柱。

赶到林子的研究生宿舍，小薏毫不客气地一脚将门踹开，然后她们看到林子正在洗手间门口用水冲凉。林子看到两人以后，停下了动作，惊觉自己此时只穿了条裤衩后，"啊"的一声蹲下了身子，双手护着下身，面色通红。

小薏笑眯眯地靠过去，说："学长，冲凉呢？"

小薏肥嘟嘟的脸平时看着还挺可爱的，此时却怎么看怎么猥琐，实在看不下去的刘恋将她拖出门，让林子穿衣服。

林子请她们喝咖啡。进了咖啡厅，一个穿得不男不女的大堂经理热络地过来跟他们打招呼："小薏 MM，今天打扮得好漂亮呀，这个帅哥是你男朋友吧？"

林子冲他翻白眼，心道：拜托，我也经常来这里光顾好不好，怎么一下子就变得跟自己不熟一样，就为了奉承小薏吗？

大堂经理走后，刘恋忍不住笑道："别在意，上次我和唐青学姐来这里也是这样的。他是唐青学姐的忠实粉丝，所以非要显得跟我很不熟的样子，以此表达对唐青学姐的热情。"

林子点头，用一种深情的目光看着笑吟吟的刘恋，欲言又止。

小薏咳嗽了一声，说："林子学长不是说去沿海了吗？怎么还在学校待着呢？"

林子立马戒备地摇头："我说过了，跟你在网上聊天的那个人不是我，是别人不知道在什么地方盗用了我的相片发给你。大学的时候课业那么多，我又要管理公司的事情，怎么可能有那么多时间跟一个高中小女生在网上聊天？"

小薏迷惑地问："公司？"

"嗯，我大二的时候注册了一家广告公司，在市中心最繁华的那条街上，但是现在跟导师研究课题花费了我很多时间，所以我基本上没怎么管，都是交给大学的一个同学在打理。"

小薏立刻两眼发光："那就是说，学长不仅帅气，而且多金啊！"

林子愣住了："还……还好了，一家小公司而已，勉强维持得下去。"

小薏了然地笑，说："学长，你就不要谦虚了，我懂。"

一直在旁边的刘恋不禁替林子捏了一把冷汗，看样子林子已经是砧板上的肉，躲不过小薏的血盆大口了。

晚上小薏抱着枕头跑到刘恋宿舍，爬上她的床，将她挤到一边，然后侧过身子，忧郁地看着她，说："林子学长是不是追过你？你们是怎么认识的？"

刘恋小心翼翼地回答："我们老家是一个地方的，刚进这所学校时参加老乡会认识的，不过他没有追过我，只是对我比较照顾，那是因为我们是老乡呀。"

小薏显然不满意这个解释，嘟着嘴巴说了句："老乡好！"然后就背过身子去，良久，才说，"刘恋，你是校花，追你的男生那么多，而闯入我的生活的男生就只有这一个，你把他让给我吧。"

刘恋笑了，抱着她的腰，说："好。别说是我的，就算不是我的，我也会帮我们小薏小姐把他抢过来，成不？"

小薏也笑了，反过来挠刘恋的胳肢窝，痒得刘恋赶忙求饶。

小薏问道："刘恋，你为什么不谈恋爱呀？在这样的大学、这样的年纪，这样的季节，不谈恋爱多可惜呀。"

刘恋叹息："有一个一起长大的男生，他爸爸是医生，跟我爸爸是世交，住的地方又在我家隔壁，从小学起我就一直暗恋他，只是后来上高中的时候很少见到他。听说他跟高中班上的一个女生谈恋爱后，成绩变得很差，他爸爸很生气，就把他扔到法国留学去了。"

小薏叹息："呀，青梅竹马呢。肯定是你不够主动，像你这么漂亮的女孩子，没有男生会不喜欢的，我看了都忍不住想占你几下便宜呢。"

刘恋摇头："感情不一定要说出来，说出来了就会忍不住要寻个结果，多累啊。如果选择放在心里珍藏着，可能会觉得更加温暖。"

一个星期以后，刘恋的生日。

刘恋一个人坐在学校树林里的小草坡上，这几天她都没看到小薏，小薏可能正忙着跟林子培养感情。刘恋一整天都在排练健美操，这是门选修课程，过几天就要进行考试，她差点都忘记了今天是自己的生日。

学校操场上突然绽放起绚丽的烟花，原本沉寂的校园一下子变得璀璨夺目。

刘恋忍不住站在烟花中央，仰头看着一朵朵美丽的烟花在空中绽放，然后她看到烟火照耀下的林子站在操场外的马路上，白色的衬衫映着棱角分明的脸。刘恋忍不住一阵感动，一时愣了神。

林子奔过来，扯着刘恋就走，说："快跑，等下保卫科的人来了，发现是我们放的，我们可就要被记大过了。"

刘恋任他牵着，后面陆续有学生赶来看烟花，沉寂的校园一下子变得热闹非凡。

两人在宿舍楼前停下来，回头看着仍在放着的烟花，忍不住笑起来，像两个偷偷做了坏事的小孩。他们转身却看到了小薏，小薏一把将手里的生日蛋糕扔过来，刘恋慌忙松开被林子握着的手，接住蛋糕。

小薏气得脸色通红，说："我为了庆祝你的生日，特意去蛋糕店学艺，然后花了一整天的时间亲手做了这个蛋糕，可是你就这样对我吗？"

刘恋摇头："小薏，不是这样的。"

小薏倔强地反问："不是这样又是怎样？"

刘恋来不及解释，林子已经牵住了她的手，说："事实上，我是真的一直喜欢刘恋。"

小薏转身离开，肩膀一抖一抖的，显然是在哭。

刘恋一把推开林子，说："你怎么可以这样？小薏有多喜欢你，你知道吗？她甚至连做梦的时候都在叫你的名字。"

林子摇头："可是我做梦的时候叫谁的名字你知道吗？"

刘恋坚决地说："不要说了，我现在告诉你，我们之间不可能，我是绝对不会喜欢你的。小薏那么喜欢你，你为什么不珍惜她呢？”

林子难过地说：“难道因为你不喜欢我，所以你一定要把我推向小薏吗？我是什么？一件物品吗？”

林子离开以后，刘恋悲哀地发现，她可能一下子要失去两个朋友了。

从此刘恋再没看到小薏、林子、唐青学姐，世界仿佛一下子只剩下她一个人。一个月后，小薏终于来找她，说：“刘恋，林子果然不是那个跟我网恋的人，那个人以前跟林子住同一个寝室，毕业的时候他真的去了沿海城市。”

这时，唐青学姐从前面走过来，旁边站着一个帅气斯文的男孩。唐青学姐看都不看刘恋，与她擦肩而过，眼神比以前更加凛冽、冰凉。

小薏又恢复了她八卦委员的天性，说：“据说这个男生追了唐青学姐四五年了，唐青学姐一个月前才答应跟这个男生谈恋爱。以唐青学姐果断的性格，要是喜欢他的话，她早该喜欢了，不太可能是日久生情。很多人猜测是因为唐青学姐被人说是同性恋说怕了，跟男生靠近会被打歪主意，跟女生靠近又被说成同性恋，所以聪明的她干脆选择了在身旁摆一个男生。”

然后小薏发现旁边的刘恋早已泪流满面，吓了一跳，说：“怎么了？”

“小薏，我以为，我以为唐青学姐真的是……我对不起她！唐青学姐对我那么好，我还把她想得那么不堪！我怎么这么庸俗？我肯定伤害了她。”

刘恋扑进小薏的怀里，像个孩子一样大哭出声。

此时学校的大操场上不知道是谁又放起了烟花，红的、黄的、绿的、粉的，铺天盖地璀璨绽放。小薏仰着头，忍不住在想，这次的烟花又是为谁燃放的呢？热烈绽放的烟花知不知道，就算它们那么卖命地绽放，却还是凉的，就像眼泪……

一程花龄伤

那年秋天，我穿着很宽松的泡泡裙，留着长长的刘海儿，带着一个女生所有的懵懂进了一所私立的贵族大学。我爱着一个叫大惟的男孩，也喜欢着一个叫百褶的女子。

那段时间，我、大惟、百褶，我们三个人经常上完晚自习后从学校后门溜出去，沿着学校后面的高速公路一直走。大惟和百褶很少说话，站在我身旁各有心事的样子，一般都是我抱着大惟的胳膊叽叽喳喳地说个不停。

我们一直走到高高的湘江大桥，坐在桥边上，双脚在上面放肆地摇晃。风很大，吹得百褶的裙子四处翻飞，我嘲笑她走光了，然后大惟一把将我的脑袋转过来，说：“非礼勿视。”

那一段时间，我的心里充满从来没有过的快乐。我觉得自己太幸福了，就开始害怕它突然都消失掉，于是我总是会忍不住祈祷，祈祷他们两个人一直陪在我身边，把我的心放得满满的，谁都不要离开。

不知道从哪一天开始，我和大惟常常吵架，因为很小的一件事情跟对方吵。以前我们觉得斗嘴好玩，渐渐便都得理不饶人，谁都不愿意认输，都在等着对方有一天被驯服，像一只小猫一样蜷缩在自己脚下。

终于有一天，站在学校的大马路上，我和大惟又一次大打出手。他捏痛了我的手臂，一把推得我撞在樟树上，害我痛得直不起腰，而我则用自己六厘米高的高跟鞋狠狠地踩了他一脚，还将他的肩头咬出血，两败俱伤。

我瞪着他，把要流出来的眼泪硬生生憋回去，狠狠地说：“分手吧，以后不要再见了。”

大惟什么也没说，转身，一瘸一拐地消失在图书馆的转角。

我蹲在地上，腰疼得不行，眼泪哗啦啦地流出来。我一边哭一边将大惟送的耳环、发卡、脚链统统取下来，扔进图书馆墙角的那一大排紫叶酢浆草里。直到发现自己穿的内衣也要脱下来，我才停了手，然后弯着腰回到学生公寓。

百褶住的公寓在五楼，我住六楼。我直接弓着身子进了百褶的房间，爬上她的床铺，把内衣取下来，挂在床头的铁架子上，然后窝在被子里看着，越看越心酸，眼泪又流了下来，灼得眼睛涩涩地疼。

刚洗完澡从浴室出来的百褶看到床上的我吓了一大跳，她胡乱擦干头发上的水，也爬了上来。她掀开被子看到我背上新新旧旧、满是瘀青的痕迹，找来药膏给我涂上。

我说："百褶，我跟大惟分手了。"

百褶摇头："你们交往的这几个月，说分手也不下一百次了，为什么要打成这样？你们就不能好好说话，好好谈恋爱吗？"

我大声地说："是他先捏我的手，我痛了，当然要踩他的脚。凭什么我都要听他的？他一不高兴就给我脸色看，我就是要气得他跳脚。"

百褶摇头："不知道你们那么较劲是为了什么。"

"我自己也不明白为什么，一跟大惟在一起我就那样，在认识他之前，我一向是个温文尔雅的淑女呀。"

每次跟大维吵架之后，我就粘着百褶，在她的安慰下就会觉得无比心安。

百褶是个很聪明的女孩子，而且很漂亮。百褶不喜欢上课，可成绩永远是班上第一。百褶不喜欢笑，老是说自己笑起来很丑，所以不熟的人都以为她很难亲近，私下里叫她“冷美人”，只有我了解她。

百褶总是不厌其烦地跟我描述她的前世姻缘，据她说，那个场景在她的梦里出现过很多次。

那是一个幽静的山谷，每天白雾缭绕、溪水叮咚，溪水旁的一排小石子中间长着一株淡红色的野菊花。它被露水压得稍微低着头，偶尔风来雨落，恬静孤寂。后来，一个书生上山采药，他原先要采的是一朵艳红的芍药，结果却一不小心掉进了山谷。书生从山上滚落下来，晕倒在菊花旁。三天后，菊花上的露水滑落下来，落在书生的眼睫毛上。菊花觉得书生的样子特别好看，黑发、白袍，五官刚毅，睫毛纤长，睫毛上的露水更是灵动可爱。于是，一阵晨风吹过来，菊花忍不住低下头去亲吻了书生的额头。书生突然睁开眼睛醒了，菊花吓得站直了身子，淡红的花瓣羞涩着，变成了前所未有的玫瑰色。书生开始往上爬，经过多次努力，书生终于明白他已经没有办法爬出这片山谷，于是泄气地坐在地上，陪着旁边那株奇怪的玫瑰色的菊花，一起看溪水在一排排圆润的石头上欢快地流过，叮咚作响，清凉透彻。半个月后，书生在菊花旁病发身亡，脸上的表情依然安静而快乐。不久，那株在山谷里存在了近百年的菊花也枯萎而死，干涩的花瓣随风吹落到书生的白袍上、脸上、额头上、睫毛上……

百褶肯定自己是那株痴情的野菊花转世，此生来人世奔忙，就是为了寻找山谷里的那个书生。

我说："百褶，你的生活太孤寂了。你觉得你自己清雅如兰，其实那都是你的臆想。这个世界上根本不会存在什么前世今生，就算有，你和书生今生相遇了，也只是互相来讨债的。因为你的寂寞，上天才安排书生掉进了山谷，而因为书生，你一下子枯萎了。如果没有你，书生不会掉进山谷；而如果不是因为书生，你可能已经修道成为菊花妖精了。你们相互亏欠，今生就算相遇了，也注定互相掠夺。"

百褶摇头："不对，如果是那样，那就是兰花了，不会是菊花，而且我没有你说的那么自恋。"

几天以后，百褶真的恋爱了。

那天，百褶兴冲冲地到楼上来找我，喜上眉梢："冬冬，我肯定孟遥就是那个书生，他看起来那么熟悉，我们今生注定是要在一起的。"

我惊讶地看着百褶的满面春光。

孟遥我是知道的，他是隔壁医学院的学长，他有一个老乡和大惟同一个寝室，我曾经去找大惟玩的时候碰到过他，但也只是点头微笑一下而已。

百褶怎么会认识他？是大惟介绍两个人认识的吗？听说孟遥是个有名的花心大少爷啊。

这可不行！我拉着百褶的手要去找大惟算账，百褶很不情愿地跟在后面。我们好不容易上了楼，隔了好远的距离，我就冲他们的寝室门喊："骆大惟，你给我滚出来。"

孟遥却从寝室里走出来了，他很高，夕阳从楼道的窗户照过来，他瘦长的影子笼罩在我们身上。他用手推了推黑框眼镜，脸上露出惊讶的神色，说："百褶，你不是回公寓休息了吗？"

他竟然无视我的存在？我气呼呼地瞪着他，站在我后面的百褶却轻声说："本来是要休息的，可是冬冬要过来。"

这语气哪像来兴师问罪，分明就是要勾搭男人过来保护自己。

拿这两个人没辙，我只好找我能对付的。我一把推开孟遥，进了房门，看都不看就冲洗手间大喊："骆大惟，你把这么个花心大萝卜介绍给百褶是什么意思？"

大惟从洗手间出来，手里果然提着一件白衬衫在洗，白衬衫上面满是肥皂泡沫。他有很严重的洁癖，几乎每天都会用很多时间来洗衣服。我每次来这里，他不在床上睡觉的话，就肯定正窝在洗手间里洗衣服。

大惟抬头看到是我，一副懒得理我的样子，又折回洗手间，把白衬衫放到水桶里冲，肥皂泡沫流得满地都是。我气得弯腰捧了一把泡沫泼向他，弄得他头发上、衣服上都是泡沫。大惟砰地把衣服扔进桶里，走了几步靠过来。我以为他要动手打我，吓得闭上了眼睛，他却迟迟没有动静。我睁开眼，看到他手里拿着的却是我扔掉的发卡和脚链。他哑着嗓子说："我只找到这些，还有没有漏掉的，我再去找。"

原本还坚硬的心肠现在顿时觉得更加委屈，我的腰现在还感觉隐隐的痛，我将他手里的东西抓起就扔，说："说这些做什么？为什么要把孟遥介绍给百褶？你这不是把百褶推入火坑吗？"

然后"咚"的一声，脚链和发卡都掉进了厕所。

我愣住了。

大惟无奈地说："谁说是我介绍的？我也是刚知道他们在一起。再说了，百褶的事，你阻止得了吗？"

我从大惟的宿舍下来，来不及想百褶和孟遥去了哪里，一路上恍恍惚惚的。我真的把他送我的发卡和脚链扔了吗？虽然我扔了它们好几次，但那都是赌气，那些是见证了我最开心的那段时光的信物呀。

我开始喜欢趴在学生公寓里的窗户边看楼下的人来人往，手里抱着交往三个月时大惟送我的可爱的猴子娃娃。这会儿到了开水房开放的时间，楼下面满是提了开水壶去打水的人。

通常这个时候，他会提着一大袋香蕉在楼下出现，冲楼上喊："冬冬猴子，粮食已经买到，收到呼叫请回答，over（完毕）。"

然后我会故意磨蹭好久，翻翻杂志，跑一趟厕所，再跟一起住的姐妹闲聊几句才跑到窗户那儿喊："大猩猩，不要趁我不在就偷吃香蕉，一旦发现，必然严惩，over。"

想到这些，我都会忍不住笑出声来。

隔壁床的小静从外面进来，大呼小叫，说："不得了，我刚才出去的时候，看到大惟和校花在鸳鸯小区约会呢！"

然后她看着在窗户那僵直了身子的我，小声补充道："校花啊，要 pk 掉多少青年才俊才能追到手呀？"

我愣住了，手里的娃娃掉到地上，便慌忙捡起来，逃也似的出门，径直下楼去找百褶。百褶同寝室的女生告诉我，她已经好几天没有回寝室睡觉了，然后阴阳怪气地说："谈恋爱嘛，是这样的，只是这样的步伐是不是太快了一点？"

我懒得理她，在百褶的床上躺下。很奇怪，在自己的床上好几天我都睡不安稳，在百褶床上我却一下子睡着了。

可是，过了一个星期，百褶还是没回来，我已经好久好久没有见到百褶了。这个世界是怎么回事？怎么好像我旁边的人都一下子消失掉了，突然就只剩下我一个人？

后来，我经常会在去食堂的路上看到大惟跟校花亲昵地走在一起。校花见了我会努努嘴，示意大惟打道往回走，而大惟看也不看我一眼，顺从地转身留给我一个背影，我这才发现，在这个学校应该消失的人好像是我。

然后我不再去食堂吃饭，买了一大箱方便面放到柜子里，饿了就泡方便面吃。我迷恋上了抱着娃娃趴在窗口看下面人来人往的感觉，等到下面陆续有女生穿棉衣的时候，才惊觉已经冬天了，我的初恋伴着大学里的这一个秋天就这样过去了。

消失了一个月的百褶突然回来了。那天公寓外面刮着很大的风，呼啸着发出很猖狂的声音。百褶穿着很单薄的裙子，瑟缩着爬上床来，嘴唇冻得发紫，说："我以为你在楼上，但去你寝室没看到你。"

百褶憔悴了很多，我转过身子，从背后抱住她，感受着她身上的清冷，突然觉得她急切地需要一个依靠。

百褶变得更加不爱说话，不再跟我笑嘻嘻地讨论别人的感情，总是一副神游的状态。

晚上睡觉的时候，我爬上百褶的床，跨过她的身子睡到里面。百褶会躺在那里一动不动，一直盯着天花板，眼睛圆睁着，好像没有灵魂的人一般。半夜的时候，月亮从窗户直直照过来，我看到百褶的脸上，眼泪无声地流下来。

我知道，我亲爱的百褶被伤害了。好几次我都想伸出手帮她把眼泪擦掉，但是又不忍心打扰她，只好背过身去，看向窗户外面。

楼下的那棵杨柳树，在昏黄的路灯下孤单而缓慢地摇荡。

过了好一阵子，我才知道百褶伤心的原因。

那天下午是健美操课，太阳很大，我不想去，半路偷偷地溜回了学生公寓，远远就看到百褶端坐在电脑前，在用 MSN 聊天。

我偷偷溜进去想吓她一跳，到她背后才发现她正在跟孟遥聊天，孟遥说："百褶，在我身边出现过的女生我已经记不清有多少了，我已经很难对一个人特别真心。"

"百褶，不要再对我好，当你觉得不平衡的时候，你就会后悔，就会很恨我。"

"百褶，我也在寻找一段能让我死心塌地的感情，可是死心塌地以后呢？是什么？地久天长，永垂不朽？除了自私，没有什么会永垂不朽。"

我把百褶推开，在键盘上打："你滚！"

百褶拉我："不要，冬冬，不可以。"

我不理她，继续敲键盘，打算酣畅淋漓地骂他一顿，可是消息还没发出去，她已经拔掉了电源。

我转过身，气得浑身发抖，说：“这样的人有什么好留恋的？你有必要那么下贱吗？”

百褶手上的插座掉下来，她掩面而泣：“一开始就知道的话当然可以，可是我已经那么喜欢他了呀。你不是也一样吗？你不是也因为已经抽身不得，才那么辛苦吗？”

我摇头：“我们不一样，我不会让自己不幸福，谁都不可以夺走我的幸福。”

一天下午上完课，我去干洗店拿衣服回来，百褶神神秘秘地把我拉进房间，把房门关上，然后拿出一份快递包裹。她打开来，里面是一双桃红色的高跟鞋，很尖的后跟，看起来典雅高贵，鞋子后跟那儿有很漂亮的蕾丝花边，一层层垂下来。百褶把鞋子穿上，身上的奶白色裙子一下子变得修身，整个人比平时高了很多。百褶猫着步子从大门走到对面窗户，然后站定，转了好几个圈，鞋后跟上的蕾丝跟着她的旋转摇荡，迫不及待地绽放出美丽。

“冬冬，好看吗？”

我很用力气地点头：“好看，真好看。”

百褶笑了，然后将另一个包裹打开，里面是同一款式的另一双白色的鞋子：“冬冬，这双给你。我在网上淘的，两天就寄过来了，是不是很神奇？”

那天我和百褶一起穿着高跟鞋，在房间里来来回回地走了好几圈，然后我握着百褶的手说：“小姐，可以请你跳支舞吗？”

百褶脸上泛起一抹红晕，把手伸给我，然后踩着节拍，一二三，二二三……百褶的脸上露出我很久没见到的笑容，然后她说：“冬冬，我不知道为什么，每天都觉得心里压着几块大石头一样，喘不过气来。原来，在没有别人的时候跳舞真的好轻松、好舒服啊。”

我点头：“嗯，明天我过生日，请一些朋友聚一下，到时候我们好好开心一下。”

聚会的时候，大家玩得很是尽兴，不知不觉时间已经很晚。我让百褶帮我拿着包，打算离开。就在这时，我竟然看到隔壁包厢里坐着的大惟，他正跟一堆朋友有说有笑，还不忘体贴地问旁边的女友要不要水果，似乎一点都没发现门外这一幕。

我对百褶说：“我们走。”

这时已经是凌晨，外面满是初冬的白雾，马路上没有人，偶尔有车呼啸而过，空荡迷茫。我冷得紧了紧衣服，走在开阔的公路上，突然觉得特别孤寂。

百褶的手轻轻搭在我的肩上，试图揽住我。我扑进百褶的怀里，大哭出声，说：“百褶，我不幸福，怎么办？我不幸福啊。”

百褶难过地抚摸着我的头发，说：“我知道，冬冬，我知道。”

刚才喝的酒开始起作用，我的头开始昏昏沉沉的，浑身无力，恍惚中我感觉到大惟好像拦在了面前，不知道在说些什么，然后我缓缓地晕倒在地。

百褶告诉我，我昏迷了两天两夜才醒。

我难过地看着百褶，说：“为什么我和大惟这么喜欢彼此，还是不能在一起？”

百褶说：“我知道，我和孟遥也一样。我就是不明白为什么，所以才会那么不甘心。”

我打断她：“不一样，你和孟遥跟我和大惟不一样，孟遥现在就跟消失了一样。”

我突然停了下来，我想我伤害到百褶了。百褶淡淡地笑道：“对，不一样，孟遥待我没大惟待你那般真心、热烈。”

晚上趁百褶洗衣服的时候，我偷偷下楼去找大惟。百褶让我彻底看清了自己的感情，我急切地想见到大惟。

下了楼，我便看到大惟站在公寓对面的樟树下，有星星点点的雪花落在他的肩膀上。我雀跃地奔上去，心里藏着好多的话要说。可是大惟转过身的时候，我却又装作很淡漠的样子，说：“前两天谢谢你。”口气竟是这样的客气疏离。

大惟也很客气的样子，说："没什么。"

然后两个人就像陌生人那样开始说天气、课程、寒假，都小心翼翼，生怕一不小心又要吵架，又要互相伤害。等不相干的东西都说完了，周围突然就安静下来，两个人都尴尬地站在那里。

这时，有一对情侣从旁边经过，女生表情怪异地看了看大惟，然后又看向我。

大惟突然僵直了身子，不自在地扯下一把樟树枝，樟树上面的雪花受力弹下来，落在我和他的身上。

等那两个人的身影消失在公寓楼后，大惟干涩地说："冬冬，其实跟你分手之后，我还跟一个女生谈过一阵子。"

"就是刚才经过的那个长头发女生？"

"嗯，那个时候我一心想证明我可以喜欢别的女生，所以……"

"你就那么想摆脱我？"

"我们老是吵架，还不止，都动用暴力了。你知道的，我以前从来不对女生动手的。"

我冷笑："是啊，我就是天生的野蛮丫头，不懂事。"

说着，我只觉得浑身冰凉，惨淡地笑了，然后转身要走。

大惟在后面大声地说："你知道我爱的人是你，你知道的啊。"

这个男人，他说他爱的人是我，可是当我想起他的时候，我会觉得胃部抽搐般地疼。

不久，大惟身边又出现了一个低一届的学妹。学妹留着学生头，笑起来的弧度刚刚好，露出浅浅的酒窝，刚进入大学，天真无邪，对即将到来的大学生活和爱情无限憧憬。

我和百褶在图书馆自习，我的指甲将手里的《插花艺术》划得纸屑满桌、破烂不堪。

百褶不解地看着我，说："冬冬，这么漂亮的一本书，为什么要把它弄成这个样子？"

我冷笑："什么叫漂亮？花花绿绿的，终究是被无数的色彩染指了，哪有一张白纸那般美好！"

百褶看着我，想起了什么似的，说："你是说大惟又找了一个大一的学妹的事？"

"百褶，他怎么能够连一个大一的女生都不放过？"

"冬冬，你是在嫉妒，还是在担忧？大惟在你心里已经那般不堪了吗？"

我摇头："百褶，我不知道，可是我就是不能接受他跟那么无邪的一个女生在一起，这不公平。他怎么可以在这张白纸上画过以后觉得不如意，随手又换一张？就算我把他画的内容擦掉，但是痕迹还是在那里呀。对于白纸来说，这多么残忍。"

从那以后，大惟成了我心里最恨的人，我把他的照片贴在床铺的架子上，每次爬上床的时候都要狠狠地踩在上面以表达我对他的憎恨。

我和百褶变得比以前更喜欢依靠彼此，这和以前的依靠不一样。以前我们不会刻意将对方放在身边，但是在一起就觉得彼此心里满满的。现在我们唯恐找不到对方，总是害怕自己的身旁没有人，然而在一起时又很少说话，手挽着手，或者头碰着头睡觉，然后又各怀心事。我们不睡在一个床铺上就会整晚都睡不着，总是在晚上十点以后，我或者百褶就开始抱着枕头，穿着宽大的睡衣往对方的房间钻。感情让我们变得神经质，看不清楚自己，我们只能成为彼此的支柱、依靠甚至是安眠药。

直到别人告诉我，大惟这个假期要到那个学妹的家里去见未来的岳父、岳母，我才惊觉自己是真的永远失去大惟了。

我横躺在床上，将双腿搭在墙壁上，脑袋垂在床铺外面，但眼泪还是会掉下来，砸在床架子贴着的照片上。

我说："百褶，你为什么现在还不谈恋爱？你还在等孟遥吗？"

百褶点头。

我知道百褶也在哭，时间过去了这么久，我们已经学会无声无息地流眼泪，就像流汗或者呼吸一样。

"为什么要等他？他有什么好？他很帅吗？很有钱吗？很有男性魅力吗？他那么坏。"

“冬冬，有时候坚持和等待都只与自己一个人有关，不关别人的事情。他好不好又如何？我只是不想让自己的初恋和真心就这样消散罢了。你呢，冬冬？”

“我不一样，我一直跟你不一样，我想幸福。百褶，我不甘心，我需要完满的爱情。”

然后我转过身，扑进百褶的怀里，大哭出声。

我找不到百褶了，五楼、六楼都没有她。

然后在教学楼后面的小树林里，我看到百褶和大惟在一起。

百褶跪坐在大惟对面，倾着身子，似乎要投怀送抱。

大惟赶忙抓住她的手臂，要揽她入怀。

我冲过去，觉得脸上的血管涨得突突地疼，天旋地转，一把将百褶推倒在地，说：“你怎么这般恶毒？”

百褶讶异地看着我。我疯狂地摇晃她的身子，说：“孟遥招女孩子喜欢，你就整天把自己弄得花枝招展；孟遥谈无数的女朋友，你是不是也要来者不拒，跟无数的男人上床？连大惟你都不愿意错过吗？”

百褶被我摇得招架不住，咳嗽着摇头：“不对，冬冬，不是这样的。”

一直没说话的大惟都不愿意看我一眼，他把手伸过去，握住百褶的手。百褶讶异地看着他。

两双手相握的美好样子深深地刺痛了我的眼睛，我说：“陈百褶，骆大惟，我不会原谅你们，永远！”

五楼从此成了我的忌讳，任何人都在我面前说不得、提不得。

三天后，百褶上楼来找我，说：“冬冬，我要走了。”

我没理她，继续窝在被子里。

百褶并不在意我有没有在听，继续说着：“明天的车，我想休学一年再说。我一直都以为只要自己不让别人伤害，就永远都是坚强勇敢的，可是谁让我们这么心灰意冷？是我们自己太随便了，还是上帝原本就这么淡漠无情？

“冬冬，无论什么时候都不要愧疚，我不是因为你才离开的，我是真的想休息一下，我总是觉得心里好冷。

“冬冬，如果觉得不幸福，就举起左手按住心口，这样就不会那么疼了。可是冬冬，是谁让我们这么不幸福的呢？他经过我们的同意了吗？”

是谁，让真心总是遭遇伤痛？他经过我们的同意了吗？

百褶走了，走的那天我吃了几粒安眠药，睡着了，不知道她什么时候动身的。

第二天晚上，我一个人抱着枕头下楼，走到楼梯间的时候才想起百褶不在了。

我晕乎乎地折回去，吃了几粒安眠药，躺到床上，刚要沉沉地睡去，手机响起了短信提示音，是大惟。他说："冬冬，那天百褶只是跪在地上求我跟你和好，她知道我们只是在赌气。冬冬，你总是要我向你低头，总是一副不服输的样子，所以我说了谎，让你以为百褶跟我暧昧不清。百褶成了牺牲品，我却没有丝毫的愉悦，这才明白之前的种种那么愚蠢。可是冬冬，如果我现在想投降，我们还能回到从前吗？"

安眠药开始发挥作用，我好想睡觉，几乎看不完最后那几行字。我真的太困了，也好累。我睁不开眼睛，在闭上眼的那一刻，眼泪还是悄无声息地流了下来。

百褶不在了，以后的每一个晚上我都要依靠安眠药睡觉了。

「有多少爱，被你丢在太平庄」

唐初夏从没去过北京，因为那里离她从小居住的南方小城太远了。坐在隔壁的男孩告诉她，这是一趟专门为学生设立的火车，得坐三十多个小时才能到北京。唐初夏之前从没坐过火车，她的家乡没有火车站，所以她每次从学校回家都是坐汽车。

男孩说完，带着善意地看着她。唐初夏只是点点头，冷漠地偏过脸不看他，她便识趣地闭了嘴。

一路上，唐初夏看着窗外的景色明了又暗，直到看到一路的光杆白杨。

下火车的时候唐初夏拖不动皮箱，后面的人急切地用力挤她。唐初夏一只手扯着皮箱，一只手拽着出口的栏杆，这才不至于摔下去。

男孩不知道什么时候挤到了她后面，用力地帮她提着皮箱后部，她顺利下了火车。

唐初夏还是一副不领情的模样，拖着皮箱挤进出站的人流中。出了站，来不及看一眼北京的样子，她就找到了电话亭，拨了林旭的电话。

林旭不耐烦的声音传来："不是告诉你没事不要老打我的电话吗？"

唐初夏低头，手指绞着电话线，不出声。林旭加大了声音："我说你有完没完？有你这样的吗？"

唐初夏松开被绞得变了形的电话线，说道："我现在在北京，刚下的火车，这里比你说的还冷。"

电话那边沉默了很久，唐初夏几乎可以想象得出林旭双手揉着眉头的样子，他道："我好困，昨天通宵看书，没事我挂了。"

唐初夏"嗯"了一声，听到对面挂掉电话的声音，然后放下了话筒。

北京真的好冷，四月了，大街上的人还穿着厚厚的羽绒服。唐初夏低头看看自己，粉色的春上装，黑色的牛仔裙，裙子与靴子相隔的地方，可以清晰地看到被冻得凸起的鸡皮疙瘩。

在这个城市，她不认识一个人，但是她要去一个叫太平庄的地方。

四年前林旭来北京考美术学校时就住在那儿。林旭说过，他的梦想埋葬在那里，他的爱也埋葬在那里，在他最为意气风发的十九岁。

林旭总是一副很伤感的样子，说："在什么年龄做什么事，十九岁就是要用来给自己的人生犯错的，但是十九岁的错往往足够让你感慨一生。"

林旭忽略了唐初夏也是在十九岁时认识他的，一晃已经两年。两年的时间，在林旭无数次的感慨中，唐初夏无数次地猜测那个叫太平庄的地方该是一个什么样的庄园，是不是真的像林旭画里的那样，有绿绿的草地、粉红的墙、大片艳丽的花朵？

有个高大的北方男人走过来，问她坐不坐车。

唐初夏听不太懂，做出侧耳听的样子，然后男人扯着唐初夏的胳膊要她跟自己走。

唐初夏被吓到，尖着嗓子喊："你要做什么？"

男人卷着舌头说："小姑娘，刚来北京不熟吧？要去哪儿我给你捎过去。"

唐初夏挣脱不开，只好死命挣扎，却还是被男人扯了好远，像一只被人提起来要去宰割的鸭子。

这时唐初夏转头狠狠地咬了男人的胳膊一口，然后趁男人吃痛，拖着皮箱就跑，直到感觉脚的酸痛她才停下来。害怕男人追上来，冷得不知道该如何呼吸的她找了一个人多的马路转角，蜷曲着蹲了下来。

头变得昏沉，不知道手脚在哪里，也感觉不到冷，唐初夏知道自己生病了。这时有人站她面前，想要摇醒她。唐初夏睁开沉重的眼睛看他，依稀想起他是火车上坐在隔壁的那个男孩。男孩担忧地看着她说了些什么，她努力地睁眼看他，说："你知道太平庄在哪儿吗？"

男孩惊讶地道："你住的地方在那儿吗？我正好也住在那里。"

男孩说完，唐初夏安心地昏倒在地。

醒来的时候唐初夏闻到一股方便面的香气，她睁开眼，惊异地发现这是一个非常奇特的房间：房间内只有一扇很小的窗户，开在墙壁的右上角，有些微的阳光漏进来，洒在靠近窗户的墙壁上，能看到，却够不着。

男孩端进来一大碗的方便面，说："这是太平庄的地下室，北京最便宜的可以睡觉的地方。"

唐初夏起身走到外面，看见长长窄窄的走廊漆黑一片，依稀可以感觉到两旁都是小小的房间，房间里面会更黑，有些有小窗户，有些窗户都没有。后来唐初夏才知道，有窗户的房间的房租要比没有窗户的贵很多。

唐初夏站在走廊愣了很久，用手抓了抓脖子，担心自己不能呼吸。男孩走过来，说："第一次来北京吧？去外面看看吧，也许你会觉得外面比这里明媚很多。"

唐初夏摇摇头，然后径直回到房间，端起方便面大口大口地吃起来。

男孩叫李朗，也是南方人，来北京半年，是怀着当歌星的美好愿望来到这里。李朗在偌大的北京转悠了半年，前进无门，退又不甘心。半年后的今天，他在这个区到处贴小广告，替附近的居民维修电脑赚点钱，过着艰苦的生活。

唐初夏睡在床上，李朗睡在床底下，因为房间实在太小，而仅有的空地上都堆满了他弄回来修的旧电脑。

李朗很少说话，总是一个人在那儿摆弄着机器。唐初夏也不善言辞，有几次她看到李朗弄了一天的电脑，然后二话不说地就往床底下躺，她的眼泪就流了出来。她侧过身子，让眼泪流在枕头上。

然后她看到墙壁上有一张小小的大头贴，上面是一个乖巧可爱的女孩，披肩直发，眼睛笑得弯成了月牙儿。

唐初夏注意到照片中女孩眼睛的地方已经有点发白，正好是一个手指那么大，唐初夏将手指放在那个地方，想象着李朗每天睡觉时将手指放在这里舍不得移开的模样。

唐初夏在地下室住到第三天的时候，林旭给她打来了电话，说："你什么时候回来？"

唐初夏冷声道："这跟你有关吗？我们不是已经分手了吗？"

林旭叹气："初夏，回去吧，回去过你该过的生活，你不会喜欢这里的。"

唐初夏沉默了很久，说："你在这里的时候，住的是地下室吗？"

林旭似被人狠狠地踩了一脚，疼痛入骨，仓促地挂了电话。

由于接了那个漫游电话，当天晚上唐初夏的手机就停机了，李朗带着她去换了北京的号码。

唐初夏第一次发现晚上的太平庄特别热闹，很多的地摊小贩，很多的人，大概都是从地下室出来呼吸新鲜空气的吧。唐初夏想。

唐初夏换了号码以后，李朗请她吃烤肉，两个人喝了很多酒。李朗微微有些醉意，回家的路上，他突然变得很活泼，不停地唱歌，很大声地唱歌，引得两旁的行人都怪异地看着他们。

李朗重复地唱《白月光》："白月光，心里某个地方，那么亮，却那么冰凉。"

唐初夏红着脸笑，也跟着大声喊："你是我不能言说的伤，想遗忘，又忍不住回想。"

李朗笑话她唱得太难听，点着她的额头，说："竟然跟歌星一起唱，不怕自己丢人？"

夜晚的凉风把唐初夏的裙子和头发吹起来，她快乐地伸出双手，说："你竟然跟小美女一起唱，不怕自己太丑？"

李朗笑着说："好吧，美女，你就唱吧。"然后小声咕哝，"看来明天得买个镜子回来。"

第二天，李朗买了一大袋的东西回来，镜子、纸巾、拖鞋、杂志。

他一进门就看到唐初夏病恹恹地趴在床上，头垂在外面，正有鲜血从她的鼻孔里流到地上。

唐初夏感冒了，由于不适应北方干燥的天气，断断续续流了三天鼻血。

李朗背起唐初夏想要去医院，这时唐初夏将脑袋放他的肩膀上，嘴里不知道在哼哼唧唧些什么，然后她将不断从鼻子流出来的血都蹭到他的衣服上。

李朗挫败地将她放下来，道：“唐初夏，你一向都是这样的吗？再这样下去，你男朋友迟早会被你气死。”

唐初夏哼哼唧唧地说：“才怪！一向都是我被他气得要死，他根本不爱我。”

然后她干脆又躺回床上，侧着身，伸手抚摸着墙壁上的照片：“李朗，你为什么不跟她在一起？”

李朗没接话，走过去一把将唐初夏抱起来出了门。唐初夏注意到他的额头上有一道浅浅的疤痕，应该是磕在了什么地方而留下的。

唐初夏在医生给她打针的时候，撅着屁股，冲门外面的李朗大声地喊：“喂，你的额头是不是被女生用砖头砸过？”

给唐初夏打针的女医生皱着眉头，有点粗暴地扳正唐初夏的身子，估计她从来没见过这样的病人。

也许因为是生病，唐初夏开始变得很乖，她每天都去外面给李朗带便宜的饭菜回来。李朗出去维修的时候，她会拿着手机计时，如果二十分钟以后他还没回来，就打电话过去问他在做什么。

唐初夏一个人的时候实在无聊，也学着李朗摆弄机器。只要是能插的口她都插上线，能用鼠标点击的地方她都锲而不舍地点下去，还是不过瘾，就把几台主机都拆得四分五裂，然后又合上，直到听到轰的一声巨响。

唐初夏忙护住自己的脸，确保自己没事，然后才小心翼翼地看向电脑，发现大部分部位都已经被烧得漆黑一片。

这时李朗打电话过来，让她带一些工具去他正在维修电脑的小区。

唐初夏胡乱抓了些工具就冲了出去，在见李朗之前故作镇定地拍了拍脸。

唐初夏坚持要等李朗修好电脑一起回去。进了门，李朗皱了皱鼻子，然后悲哀地看到自己辛苦攒下来的几台主机已经被烧得面目全非，他转头看向唐初夏，大声喊："你给我站住！"

唐初夏在太平庄的天桥上站了一晚上，呆呆地看延伸到公路尽头的路灯。

北京的风本来就很大，晚上更加猖狂。唐初夏穿的是李朗的毛线衣，很宽大，几乎到了她的膝盖。她将毛衣折叠几圈勒住身子，正准备蹲下身子，就看到不远处一个男人正走上天桥，慢慢挪近的影子让她心里发毛。

唐初夏猛地站起来，狂奔而去，然后撞到了正在找她的李朗。

回到家，李朗一句话也没说，一晚上都在那儿修理电脑，看还能不能弄好。

唐初夏小心翼翼地端了一杯水给他，然后将中午买的面包递过去。李朗挥了挥手，示意她“手太脏，现在吃不了”，然后她将面包一片片地撕下来，塞进他嘴里。

李朗的脸唰地通红，他说：“你不用这样，我没怪你，反正这些机器也坏得差不多了。”

唐初夏玩心大起，忽地跑出去洗了手，回来后蹲到李朗对面，亲了一下他的脸。

李朗低下头，手里仍然抓着一根插座线。

唐初夏看着他，道：“干吗这么紧张？你喜欢上我了？”

李朗突然敲一下她的头，说：“谁会喜欢上你啊？笨丫头。”

突然唐初夏对着他的嘴巴亲了下去。

两个人都惊异地睁大了眼，嘴巴就那样贴着。

唐初夏先尖叫出声，然后李朗才被她的叫声吓得跌坐在地。

晚上，唐初夏特意多穿了几件衣服才睡觉。第二天起来的时候，她发现自己的手指竟然一晚上都放在那张照片上。

哎呀，手酸痛。

唐初夏看到李朗从外面回来，他的眼睛红红的，像是一晚上没睡觉，头发被吹得跟鸡窝似的。

唐初夏把手放在他的手心里，然后将他的手指弯起来握住自己的手，说："李朗，我们在一起吧。"

李朗突然很用力地抱住她，哭得像个小孩，就像受了很大的委屈，现在终于得到了平反。

李朗不知道从哪里弄来一辆摩托车，装酷似的站在那儿，冲正忙着与市场里的小贩砍价的唐初夏喊："唐初夏，过来，我带你转转首都。"

唐初夏一只手提着一袋子西红柿和黄瓜，一只手抓支冰激凌在吃，不时递过去让李朗吃一口。

入夜了，路上的行人稀少，李朗骑得很快，有风声呼呼而过。

唐初夏说："李朗，我好想大叫几声。"

李朗回过头，说："那你就叫吧。"

然后唐初夏大叫道："林旭，我这辈子都不会原谅你。"

叫出来以后，唐初夏自己也吓了一大跳，袋子掉到地上，西红柿纷纷滚落，地上沾满了红色的汁液。

晚上唐初夏起身，也躺到床底下，翻过身抱住李朗。

"李朗，我在北京多久了？"

“一个月。”

“哦，原来我已经死皮赖脸地在这里待了这么久。”

李朗突然翻过身看着她，说：“你要走就直接说，有必要这么小心翼翼吗？”

唐初夏摇头，眼泪掉了下来：“不是的，不是这样的。”她突然不知道该如何说起，然后握着他的手，仰起头，轻吻他的额头。

然后她开始脱外套，不看李朗，只顾着埋头脱衣服，直到一丝不挂。

她光着身子看着李朗，固执地想要迎上他的目光。

李朗转过身去，然后悲凉地道：“穿上吧，你不欠我什么。回去以后记得珍惜自己，找个爱你的男人过日子，不要再死揪着失去的东西不放了。”

唐初夏的眼泪流得更加凶猛，她说：“那你呢？”

李朗脸上带着牵强的笑意：“那张照片上的女孩是我在学校时谈的女朋友，我们坚持了四年，但我来北京后就断了联系。听说她现在已经跟后来的男朋友分手了，我回去还有机会。或者，我继续留在北京，说不定哪一天你就在电视上看到我唱歌了。坚持或者不坚持，都是一个人的自由，并不可耻，就算是在太平庄。”

唐初夏回到南方小城，很久以后才碰到林旭，那时候她在一个和太平庄结构很像的小区前迟迟不肯离开。

一个穿西装、打领带的男人走过来，亲昵地拍了拍她的肩膀，说：“唐初夏，这么出息了，回来一年了都不给我打电话。”

唐初夏转身看到林旭，他竟然从一个散漫随意的男孩变成了一个成熟安稳的男人。

林旭略微得意地说：“好看吗？这个小区是我设计的，专门为那些从外地到这里来奋斗的人建造的。”

唐初夏抬头看他，说：“林旭，你说你有多少爱丢在了太平庄？当时是怎么丢的？丢的时候你知道吗？”

唐初夏跟林旭谈了两年恋爱，这是她第一次看到他潸然泪下。

林旭哀伤地看着她，说：“你呢？”

唐初夏摇头：“我在寻找你丢下的东西时，把自己的丢下了，可是我找不回来了。太平庄不是一个庄园，那里没有梦想。”

紫藤花，迎风逞强去开了

>>

那个冬天出奇地冷，我每天上完课，最害怕的就是从教室走到眉姨家的那一段路，因为到处都是冷飕飕的风和冷到骨头的冰凉，有时候天上还下雪。我总不喜欢带伞，姐姐说过，下雪时撑伞的人都是傻瓜。

我的靴子坏了，每次走到眉姨家时，靴子里面都是雪化成的水。我把靴子脱下来以后，整个脚都是麻木的，要使劲用手去掰才能把脚指头分开。

眉姨说："丫头，怎么还不买双新靴子？你姐上个星期不是给你寄了钱吗？"

我没理她，因为我不喜欢她，她总是勾搭不同的男人回来，虽然她表现得那么宽容，让我白住在她家。

眉姨的这栋房子在我们学校附近，我们学校在这座城市最有名的山脚下，属于生态旅游区，四周都是高大的树木，春天的时候学校西南方还会有茂密的野菊花，环境很好。

周末，灿烂的阳光从窗户照进来，我睁开眼睛，伸出手感受暖暖的阳光，然后看到窗户外面有人缩头缩脑的。我忽地爬起来，推开窗户，也不管是不是撞着他。他疼得直弯腰，我问道："田远，你在做什么？偷窥呢你？"

田远委屈地说："偷窥？该有的没有，不该有的全有，我还不如去偷窥隔壁班的班花呢。”

“那你大清早跑到我窗户外面做什么？”

田远举起手上的信封，道：“陈小丫，恭喜你再次成为我们高三（二）班的名人、热点讨论对象。”

我接过信封，放在窗台上，看都没看：“是范子遥让你还给我的？”

“嗯。”

我讨厌冬天，因为我很怕冷，北方的冬天总是冷得猖狂。这天，我跟踪了范子遥。我不知道他还要走多远，我的靴子里面已经满是雪水，重得我都抬不起脚来。

然后我站定，将书包狠狠地扔到雪地上，冲他的方向大叫一声：“范子遥。”

他终于转过身来，看清楚是我之后，大步走过来。看到他铁青的脸，我感觉到一股危险的气息正迎面扑来。

他看了看地上的书包，然后沉声道：“你跟踪我？”

他的声音那么大，吓了我一大跳。我辩解道：“我才没有跟踪你，是你自己没有发现我而已。你看，我这么大声叫你，你才知道后面有人。”

他狐疑地看我：“叫我做什么？”

我发现他这个人真的很好骗，真是太可爱了，虽然平时臭屁的样子很欠扁。

我使劲提起脚，然后用手拍了拍，道：“你看，它没感觉了，我现在动不了了。”

范子遥无奈道：“那我背你吧。”

我乐呵呵地趴在范子遥的背上，手里提着破靴子，欢快地晃悠，才不管背我的人多么不情愿。

我说：“范子遥，你为什么跟班上的男生那么合不来？”

“范子遥，你知不知道班上有几个女生说你说话太大声，还说你很粗鲁呢？”

我还是继续给范子遥写信，但我不再让田远帮我转交，而是每次在课间休息的时候亲自交给他。他很喜欢睡觉，上课和下课，他都在睡觉。我每次都要使劲才能把他摇醒，然后把信塞在他弯着的胳膊里。他微微睁开眼睛，看了一下，然后又把头埋进胳膊继续睡，我奋战了一晚上的字条就这样给他擦了口水。

陈小丫是个“花痴女”的事情以迅雷不及掩耳之势传遍全校。

我开始成了范子遥的“御用”女跟班，他去哪里我就去哪里。我学他很大声地说话，冲他不喜欢的人翻白眼，每天下课后卷起衣袖帮他打扫学校的卫生。

范子遥是我们学校的贫困生，所以需要勤工俭学，他每天放学都要将教学楼每层的卫生打扫干净。范子遥负责扫楼道，而我就负责将教室的黑板和桌椅擦干净。

由于手长期放在水里，每次擦完黑板和桌椅以后，我的手都冻得通红通红的。那天打扫完以后已经很晚了，范子遥先扫完楼道就一个人急匆匆地走了。路上一片漆黑，刮着很大的风，我一不小心踢到一块石头，摔在地上，疼得我直流眼泪。我几乎认为从学校到眉姨家有一段遥远的距离，踉跄着到眉姨家后，赶紧脱下湿透的鞋子，哆嗦着蹲在煤炉边烤火。

我不知道自己是什么时候睡着的。

醒来时我竟然躺在医院。

田远咋呼道："陈小丫，你可吓死我了！要不是我要去你那儿拿作业抄，你煤气中毒，死在家了也没人知道。"

然后他又叹气："范子遥也真是的，那么晚了还要你帮他打扫卫生，真当你是他的女用人呢。就算小女生愿意帮他打扫卫生，人家家长也不会愿意呀。"

我一惊，道："我姐姐回来了？"

田远道："没呀，只是眉姨去了学校，说要找范子遥算账。"

我真没见过眉姨这样，凶狠泼辣，张牙舞爪。

她一把抓住范子遥的头发，死劲地把他揪出教室。由于范子遥太高，以至于眉姨踮着脚撒泼的样子看起来非常滑稽。

见我来了，眉姨冲我大叫："丫头，怎么跑这儿来了？还不回医院？"

所有同学都看着我，一副看好戏的样子，我羞愧得无以复加。

我冲上去，咬住眉姨的肩膀，用力咬了两口，一把将她推开。她站立不稳，摔在地上。我大叫："你有什么资格管我的事情？你又不是我的什么人，我只是看你可怜才陪你住而已。"

眉姨站起来，道："你说什么？死丫头，到底是谁可怜？啊？我一个人住着不知道多么逍遥自在，要不是你姐姐跪着求我，我才不会在身边养个小祸害。"

我忍不住流下眼泪，真希望自己此刻可以消失。

班主任说："范子遥让陈小丫帮他打扫卫生确实不应该，但是这也是陈小丫自愿的，我们做老师的也不好说什么。而且范子遥的家庭条件大家都清楚，他在学校勤工俭学之外，晚上还要去餐馆打工，他的成绩还能稳居班上第一，确实是挺不容易的。"

怪不得范子遥白天老是在睡觉，原来如此。

班主任又看着我，说："至于陈小丫在教室门口公然殴打年长阿姨的事情，我们学校领导会严肃处理的。”

眉姨愣住了，道：“啊，这个就不用了，而且说殴打也太夸张了，她就咬了我胳膊两口而已。”

班主任严肃道：“咬人已经是很严重的事情，说明这个学生本性太过顽劣。学校决定给陈小丫以记过处分。”

晚上回到家，我一句话都没跟眉姨说，进房间就开始收拾东西。

眉姨倚在门上也不说话。我提了几个大袋子，用肩膀挤开她，准备出门。田远急急忙忙地奔过来，沮丧地说：“陈小丫，你不能去我家住了，我妈妈说我这么小就带女孩子回家，影响不好。”

眉姨径直回了房间，高声说：“你怎么这么倔？跟你姐姐一个德行。”

我把袋子放到地上，冲进房间，对着她大喊：“你不要老是我姐姐、我姐姐的，你们根本就不配说她，你们都不配。”

眉姨冷笑道：“是啊，不配。你那个跟别的男人走了的老妈不配，你那个后来也跟别的女人走了，丢下你们姐妹俩的老爸也不配，你这个作风不正派的阿姨更是不配了。可是你们姐妹就这点出息？争先恐后要倒贴给男人？”

我气得浑身发抖，大声吼道：“我叫你不要说了！”然后抓起桌子上的杯子就往房门上砸。杯子摔在地上，发出尖厉的脆响，然后碎了一地。

我还是住在眉姨那里，我发现自己真的离不开她，除了跟她相依为命，我不知道我的生活里还能出现谁。

范子遥从此躲着我。我在食堂门口看到他，兴冲冲地走过去，他却装作不认识我，与我擦肩而过。

晚自习的时候，一个女生坐到我旁边，看怪物一样紧盯着我。在班上她是出了名的胆小，经常巴结班上的问题学生，班上随便哪个人说话，只要她在，她就会附和几句。

她喜滋滋地说："陈小丫，你真是我的偶像，你好勇敢。"

我冲她翻白眼："滚开，马屁精。"

另一个王姓女生站起来，说："哟，你还真以为自己是女侠呢？"

我站起来，说："你想怎么样？"

王姓女生阴阳怪气地说："我哪儿敢怎么样啊？万一某人发威，咬我一两口，我可怎么办哦？据说对方还是她的阿姨，狗还不咬主人呢。"

见范子遥进来，她忙扯过他，说："大帅哥，来来来，告诉这个小妹妹，你理她吗？"

我紧盯着他。范子遥大声道："我怎么会理这种白痴？我只是利用她而已。"

王姓女生挑衅地看着我，然后笑起来，小声地冲范子遥道："范子遥，你知不知道你是一头猪？"

范子遥呆愣了一下，道：“什么？你喜欢我？”

全班哄堂大笑，王姓女生得意地笑：“是啊，我喜欢一头猪，哈哈。”然后看着一直铁青着脸的我，说，“冲一个聋子说一次喜欢，他还是个聋子，笨蛋。”

我又被学校记了一个大过。

因为我又一次为范子遥而跟别人打架，王姓女生的头发被我扯下了一大把，胳膊也被我咬出了血。学生领导赶到现场的时候，看到王姓女生正痛得呼天抢地，而我站在一边死盯着她。

回到眉姨家，我把书包扔到地上，然后进浴室放凉水。

眉姨跟过来，说：“要洗澡？烧壶热水再洗吧。”

“不用了。”我砰地把门关上。

我脱下衣服，扭开水龙头，水哗啦啦地淋在身上，冷得刺骨。

眉姨在外面说：“丫头，你就那么喜欢姓范的那小子？”

我仰起头，让冷水从脖子上冲下来，不让自己有机会把眼泪流出来，硬气道：“是的。”

眉姨道：“你姐姐把肚子里的孩子打掉的时候，还是我陪着她去的，那个男人都没露面。我说了，女人是不能倒贴的，你们为什么就是不信？到头来你姐姐还不是沦落到一个人在外面打工，家都回不了，那个男人却欢天喜地地找别的女人结了婚？”

我说："我跟姐姐不一样，一定不一样。"然后把水龙头拧到最大，弄出很大的水声，我不想再听到眉姨的声音。

不知道隔了多久，我看到对面镜子里，自己的脸像白纸一样惨白。我勉强起身关了水龙头，发现自己没带衣服进来，迟疑着开了条门缝，叫道："眉姨。"

我的话音还没落，门被一脚踹开，一个醉醺醺的男人闯了进来。我认得他，他是眉姨最近认识的男人，是个醉鬼。

他的眼睛直勾勾地看着门后面的我，我惊觉自己一丝不挂，赶紧把他推搡出去，把门关上。

他站在门前，发出猥亵的笑，说："啧啧，小嫩娃也长成了。"

眉姨从卧室冲出来，拦住他，愤怒地道："你来做什么？不是说了叫你不要再来找我了吗？"

他打了眉姨一巴掌，把她推开好远，接着他开始砸门。我在浴室里冻得瑟瑟发抖，牙齿发出咯咯的声音。

眉姨大叫一声："畜生！"然后尖叫道，"你再不出去，我可就要报警了！"

男人闻言走过去，对眉姨就是一阵拳打脚踢，见隔壁的住户都亮了灯，他才停了手，然后扫兴地出门，骂道："臭娘们儿。"

门外面没了声音，我开了门出去，看到眉姨趴在地上，肩膀一起一伏的，虽然没有声音，但是我能确定她在哭。

眉姨小声道：“丫头，我知道你一直瞧不起眉姨，可是没有这些男人，还有谁会疼我，谁会对我好？即使是片刻的假象，那也是好的啊。”

我蹲下去，说：“眉姨，不要难过，以后丫头疼你，丫头对你好。”

眉姨抱着我大哭出声。

我感冒了，病得很严重。我在家里躺了四天才稍微好点，眉姨还是不让我去学校上课。

晚上睡不着，于是我发短信给田远让他过来。

田远拉着我上了眉姨的房顶，我们坐在湿凉一片的房顶上，冬天的月亮似乎也发出清冷的光。

田远一脸严肃，说：“范子遥转学了，不知道去了哪里，据说他的一个叔叔愿意出钱给他治疗耳朵，还会供他上完大学。”

“哦。”

田远想了很久，然后很慎重地说：“本来我不打算告诉你这些的，但是你有权利知道。”

“哦。”

我把头埋进臂弯里，淡淡地说：“田远，你给我唱首歌吧。”

不久，田远的声音传来“花缠绕的深情，寻觅，你像蒸发的背影，我垂坠的心情，摇曳，不出声音；精彩没结局的戏，我们像不像电影；当看着我的人都散去，我才看见我自己。紫藤花，迎风心事日深夜长，越想逞强去开朗，笑声就越哑……”

田远唱得很认真，一直仰着头，月光泻下来，映得他的脸干净明媚。

眉姨不知道什么时候站在了屋顶下面，冲着我笑。我想对着眉姨笑，想告诉眉姨我不是想证明我跟姐姐不一样，但我发不出声音。我扯动了一下嘴巴，眼泪却流了出来。

紫藤花，迎风心事日深夜长，越想逞强去开朗，笑声就越哑。

左左的年华遥不可及

那天，十四岁的她穿着妈妈寄来的白色公主裙，在南方小镇梅雨的春天里，不停地行走在巷子的青石板路上。雨噼里啪啦地砸下来，左左的头发跟雨水纠缠着一直搭在脖子上，白色公主裙也紧紧地粘着身子，突显出她刚刚发育的少女曲线。

在巷子的尽头，左左停了下来，发现旁边屋里有一个男孩趴在窗户边的桌子上，歪着脑袋一直盯着左左看，淡漠又固执。左左偏着脑袋冲他笑笑，发出难听的声音。然后男孩从窗户里递出一个刚做的艳红色的纸飞机，左左迟疑地接过，然后看着那团红被雨水打得渐渐软下去。

因为父母常年在外，左左有记忆以来就跟外婆一起生活，唯一能证明父母存在的证据，就是那些偶尔寄过来的裙子或者书包。左左渐渐长大，开始成为老师口中的叛逆少女，乖戾、暴躁、不合群。

那天以后，左左开始与巷子尽头的虫子形影不离。虫子爱吃零食，喜欢玩游戏机。父母寄来的钱，左左几乎都给虫子买了羊肉串和游戏币。那一整个春天，左左都穿着那条带着蕾丝花边的白色公主裙，在羊肉串摊前和游戏厅穿梭、晃荡。到了放学的时间，左左便牵着虫子的手往他家走。虫子的手总是冰凉一片，就像他的脸总是苍白的一样。到了虫子家门口，虫子妈妈一脸笑意地出来，说："虫子，还不谢谢你左左姐？"

虫子便瞟了一眼左左，脸色更加苍白。左左耸耸肩笑了，对虫子妈妈特别豪气地说了声"没事"，就转身走了。

左左与虫子这样的相互陪伴，一直持续到第一个沉闷的夏天到来。左左穿那条结构繁复的裙子时明显感觉喘不过气来，于是她换上了短到大腿的牛仔裤和一件纯白的T恤，去巷子尽头找虫子。她远远地就看到虫子家门口那棵好看的玉兰花树干上满是被砍得横七竖八的痕迹，切口处还被弄上了红红的番茄汁，看起来触目惊心。

邻居告诉她，虫子的病复发了，虫子的家人连夜把他送去北京治病了。

左左走到那扇窗户前，看到空荡荡的房间里摆着一地艳红的纸飞机。当天满十四岁的左左顺着墙壁滑坐在地上，像失去了亲人一样掩面号啕大哭，哭声在青翠而沉闷的巷子里来回飘荡，久久不散。他还没跟她说过一句话呢。

左左再一次见虫子是三年后，十七岁的她已经戴了一副五百度的近视眼镜，穿着灰蓝色的校服在巷子与学校的路上匆忙奔走。那时正好是夏天，左左穿着厚重的校服走在巷子的青石板路上，觉得阳光下自己的影子特别像一只背着厚重枷锁的企鹅。然后她看到对面一个穿着白色衬衫的少年朝自己走来，少年手里拿着一枚硬币，边走边将它往空中抛。硬币在午后的阳光里翻转，然后准确无误地落在他的掌心。左左确定那少年的手指洁白修长，就像她能肯定少年的脸是苍白的，脸部的轮廓是棱角分明而坚硬的，还有，她确定那枚硬币是游戏币。

少年经过左左的身边，接住从空中落下的硬币时，手臂轻轻擦过左左的肩膀。左左的心漏跳了半拍，虫子已经比她高出一个头了，可是他已经忘记了她。

第二天去学校，左左意外地看到虫子坐在教室最后面的角落。

班主任进来时说：“从今天开始，班上加入一位新同学——彭丛。彭丛同学从未在学校接受过正规的教育，之前都是在北京自学，他有什么问题，大家要多帮助他。”

然后大家都很惊讶的样子：“一直说班上要来一个小神童，原来就是他呀。”

那天下午，左左一直低着头，用书盖着自己的脸，害怕自己脸上隐忍不住的笑意被旁边的人看到。

接下来的那一整个高三充斥着永远做不完的习题，和虫子笔挺的、白得晃眼的衬衫，但那对左左来说是从未有过的欢喜。

填报志愿的时候，左左走到虫子身边，一边装模作样地找东西，一边瞟着虫子的志愿书——北京的一所知名大学，热门专业。左左回到自己的座位，将自己的志愿也填成虫子填的那所学校，然而填报的专业却是最冷门的，这样她应该就能跟虫子在一所大学读书了吧？

虫子填完志愿就回了北京。一个月后，左左拿着录取通知书在北京火车站蹦跳，在火车站的广场上张开双手，沿着栏杆奔跑了一圈。北京深夜的风凛冽、干燥，吹得她长发飞扬、裙摆摇荡，新买的那双黑色高跟鞋在地板上发出咚咚的、尖锐的声音。

可是开学了两个月，左左还是没能见到虫子。左左每天都会坐在一楼的教室，看教学楼门口有没有那个熟悉的身影经过。最后她去教务科询问，才知道学校根本就没有彭丛这个人。学校虽然录取了他，但是他却没有来学校报到。

那天左左像十四岁那年一样，在北京冰冷刺骨的雨里沿着学校的围墙一直走，一直走。有着好看裙摆的白色连衣裙被雨水打湿，鞋跟带起的污水溅满小腿，左左觉得眼前一片模糊，雨水落进了眼睛，淹了里面的隐形眼镜。

左左再见虫子已是大二，二十岁的她青春而肤浅，一门心思追求好看的服饰、精致的化妆品、狂欢的派对，但她仍然没有谈恋爱。左左身旁陪伴的男子很多，嬉笑怒骂，喝酒猜拳，但只要他们对她稍微表示爱意便会被她拉入黑名单。

那天左左刚从酒吧回来，下了车，便将脚下的高跟鞋取下来，赤着脚走在学校的小石子路上。此时已近凌晨，学校里满是浓浓的白雾，刚喝了酒的左左摇摇晃晃地提着双鞋子走到教学楼前面，然后她看到教学楼前一个穿着白色衬衫的男生正苦苦哀求着旁边的女生，女生扬手给了男生一个耳光。

女生扬长而去，经过左左身边的时候她愣了一下，她跟左左竟然长得那么像。

左左走近男生，她第一次看到虫子那么悲伤。他蹲在楼梯间，双手掩面，眼泪直流。他长大了，比以前高了许多，只是更瘦了，五官比以前更棱角分明，也更加忧伤。左左即使只是站在旁边，也能感觉得到那瘦长的身子里隐藏着满满的悲伤。

左左蹲下去，抱着虫子，将脑袋抵着他的脑袋，说："虫子，不怕，左左姐在这里，一直在这里等着你。"

虫子妈妈见到左左的时候很惊讶，她显然还记得这个六年前跟虫子玩得好的女孩子。虫子妈妈看着虫子睡了，对左左说："当年，我们准备走的时候想过通知你，可是你奶奶……也不怪她，你这么好的一个女孩子，是不应该跟我们虫子待在一起的。

"虫子在北京治疗了两年，情况渐渐好转。他突然提出要考大学，是因为在医院时喜欢上了一个学画的女孩子——小阳。小阳的父母在北京的一所大学当老师，他们鼓励他也考那所大学。然后我们把他送回了南方的镇子，让他参加高考。谁知道刚考完，他的病又发作了。以前他还愿意跟我说几句话，现在他一个月都不跟我说一句话，也不愿意跟医生交流。"

左左小声地说："阿姨，虫子的病到底……"

虫子妈妈叹息："也怪我，我跟他爸爸离婚以后，他爸爸去了海南，而我不想再待在镇上，就随现在的丈夫来了北京，所以他一生下来就跟着外婆一起生活。孩子有什么异常，他外婆一个老人家也不知道。起初他只是自闭，不愿意说话，后来医生说有轻微的精神分裂，他外婆这才急忙通知我们。”

虫子妈妈摸摸左左的脑袋，说：“听说你爸妈跟我们家的情况也差不多，不过你很能干呀，把自己照顾得好好的，还考上了北京的大学。”

左左突然觉得鼻子酸酸的，说：“阿姨过奖了，我有虫子那么聪明就好了，虫子是我们学校的高考状元呢。”

左左开始不怎么去学校，而是经常去虫子家。她陪虫子坐在客厅的中间，阳光从窗户外肆意地照进来，伴着柳絮在他们周身轻舞飞扬。虫子还是不跟左左说话，除了那天在教学楼他不停地哀求小阳之外，左左还没见过他开口说话。

左左发现虫子的书桌上摆着一张小阳的照片——她蹲在一棵紫薇树下，手里拿着一个艳红的纸飞机，侧着脸看着前面，脸上满是明媚灿烂的笑容。

左左十四岁的春天，虫子也是喜欢摄影的，他经常拿着照相机一言不发地跟在左左的身后，对着天空、草地、人群不停地按快门。有一次虫子坚持送左左回家，进门的刹那，左左回过身发现虫子正拿着照相机对着她。看到左左回头，虫子慌忙转身就跑，左左追过去时已经不见他的人影。

那天晚上，左左看着窗外明亮的月亮一直睡不着，嘴角忍不住扬起浅浅的笑。那个十二岁的少年，他的脸那么淡漠忧伤，可是他的心却是如此温柔。

左左开始寻找那个叫小阳的学妹。对班上的人来说，小阳的名字简直如雷贯耳，她聪明漂亮，具有绘画的天赋，从小得过各类绘画大奖，她的父母是学校艺术系的老师。

左左到小阳上课的教室，询问怎么没见她来上课。

全教室的人哗然，都问左左是不是小阳的姐姐，惊叹两个人长得真的太像了。

左左无奈地笑笑，不置可否。终于有女生告诉她，小阳去参加国家级的绘画比赛，因为比赛前要培训，小阳起码要两个月才能回来。

左左刚回到寝室，就看到全寝室的女生都看着电话，表情怪异。左左问她们怎么了，她们也不说话。然后半夜寝室的电话再次响起，虫子在电话里惊恐地说："我知道你是左左，我知道你神经有问题，但你为什么要监视我？从我十二岁开始，你就一直躲在玉兰树后面看着我，现在还跑到梦里窥视我，你为什么要这样纠缠我？"

左左想起她十四岁那年被砍得满是横七竖八的痕迹的玉兰树。这是虫子第一次对左左开口说话，说出口的却是这样的话语，声音里满是怨恨和惊悸。

左左在眼泪流出来之前挂了电话，然后一晚上都坐在床上。漆黑的寝室里，左左听下铺的闹钟发出嘀嗒嘀嗒的声音，觉得眼眶周围被眼泪里的盐分灼得涩涩地疼。

没过多久，电话再次响起，电话里的虫子泣不成声，说："左左姐，你知不知道我等了你好久？我每天站在呼啸的风里、瓢泼的雨里、嘈杂的人声里，等着你从里面走出来，跟我说你一直在。在你的心里，我不是一个病人，而是一个精神病人？我十二岁那年，你站在巷子的中间，伸出手接过纸飞机时，我就知道你和我一样是孤单又骄傲的小孩。"

第二天一大早，左左就往虫子家走。早上六点，雾很浓，天空还是黑乎乎的。左左看不清楚路，每走一步都感觉自己像是要坠下去一样，可是坠下去以后又是什么地方呢？

虫子妈妈打开门，惊讶地看着左左。左左的眼睛明显红肿着，而且脸色很差，似乎一晚上都没睡。

虫子妈妈边抹眼泪边说："虫子从昨天开始就窝在房间里，拒绝开门。他从昨天早上开始就没吃一点东西。"

左左小声地敲门，说："虫子，左左姐来了，左左姐来看你了。"

她敲了半天，里面还是没有一点反应，虫子妈妈递给她房门的钥匙。左左打开门，看到满房间艳红的纸飞机，从床上到书桌，从地板到天花板，满眼的红，它们全是迫不及待地展翅欲飞的样子。

左左过去捡起地上的纸飞机，然后放到床上，坐到虫子的旁边。熟睡的虫子手里紧握着相框，里面是小阳的那张照片。左左伸手去拿，然后虫子猛然睁开眼睛，用嘴巴狠狠地咬住左左的胳膊。

左左痛呼出声，虫子妈妈忙扯开虫子。虫子开始全身发抖，不停地说："跟踪我，陷害我。"

左左难过地靠近他，说："虫子，左左姐怎么会害你呢？"

她的话还没说完，虫子已经滚下床。他咬住左左的腿，左左粉色的裤子上开始渗出红色的血迹。

虫子妈妈马上给医生打电话。

打了镇静剂以后，医生沉重地对左左说："可能虫子觉得你对他来说是很特殊的人，但由于他的思维经常处于混乱的状态，他又表达不了对你的感情，所以他一见到你就会很激动，然后做一些前后矛盾而且伤害自己和伤害你的事情。还是不要让虫子见到你比较好。"

虫子妈妈在旁边小声地说："小阳在的时候虫子不一样呢，他特别安静、开朗，而且小阳那孩子看起来就很乖巧，一副让人心安的样子。"

医生说："前阵子经常来医院看虫子的小阳跟左左很像，小阳的出现可能是产生了替代的作用，既满足了虫子想接近左左的愿望，又让他觉得安全。”

左左知道，无论结论如何，现在她该走了，而且最好是永远都不要在这里出现。

左左从医院出来，感觉阳光特别刺眼。她伸出手放在额头上，遮住阳光，然后她看到前面有一个熟悉的背影，便紧跟上去叫道：“小阳！”

左左的眼泪几乎要掉下来。

她急急地说：“你为什么要躲起来？虫子又进医院了，他一直在找你，你知不知道？”

小阳转过身，无奈地看着左左，说：“拜托，你不要做出一副很委屈的样子，我才是牺牲品好不好！”

左左急忙跟上去，说：“虫子现在需要你，他最在乎的人是你。”

小阳不耐烦地摇头：“有没有搞错？我才十七岁，他也才十八岁而已，没必要搞得那么复杂吧？他是个精神病人，每天半夜三更把别人吓醒，然后铺一张大大的红纸在床上，让人陪他折纸飞机，时间长了，别人也会变精神病的。”

左左愣住了。小阳转身要走，左左条件反射地要去抓她的衣服，却没注意自己正站在马路中间的绿化丛里。小阳一扯，左左栽了下去，一个踉跄摔到马路中间，一辆奔驰的黄色大卡车呼啸着开过来，左左应声倒地。

左左口袋里艳红色的纸飞机滑落出来，沾了她的血后显得更加殷红。

小阳大声地尖叫，双腿颤抖地倒在地上。

左左仿佛又回到十四岁时走过的巷子里，穿着十四岁时穿过的白色公主裙，感受着十四岁的南方小镇里满是梅雨的春天。一个十二岁的少年在窗子后用一双忧伤的眼睛看着她，然后将他刚刚折好的艳红色的纸飞机飞出来。纸飞机在空中腾飞着翻了几个跟斗，最后落在巷子的青石板路上，张开的翅膀被雨水打湿，渐渐低下去。

少年趴在窗户边冲左左笑，露出洁白的牙、好看的酒窝，眼神干净而明亮。少年用清脆稚嫩的声音说：“我知道你是左左，我们都是聪明、骄傲又孤寂的孩子。”

粉粉猫 \ 籽月

上架建议：青春文学/畅销
ISBN 978-7-5570-0247-3
9 787557 002473 >
定价：26.80元

爱丽丝 \ 小楼
大熊

调调
唐扶摇

早安夏天
江小湖

我们的时代

刻录那些，我想和你们共同留住的，曾全力以赴的，青春。

曾经有这么一批人，造就了一个时代。

我们的时代，也是你们的时代。
感谢你们，让我们能更自由地活着。

《花火》十年当家大神
首 次 全 集 合

CONTENTS

目 录

不好笑的盖世英雄

文 / 大熊

有一个好玩的定律是，一旦有人开口说“我给你讲个笑话”，那么这个笑话十之八九一定不好笑。

大野最喜欢说冷笑话，可是翻来覆去就只会那么一个——有一只小企鹅，好不容易从南极走到了北极，对北极熊说出来玩吧，北极熊说不玩，小企鹅说“哦”，然后就回去了。

说完之后，他自己一个人笑得前俯后仰，我们听的人被冷得起了一身鸡皮疙瘩。

像这种笑话不好笑，但说笑话的人却觉得很好笑，看起来反而是这个人显得比较好笑。

大野是班上最调皮的学生，最喜欢跟老师对着干，被罚站最后一排是家常便饭。

可他连罚站也不省心，趁老师在黑板上写字的时候，就用扫帚跟最后一排的同学打闹。老师回头的时候，抓到他，又是一顿骂："连罚站也不安分，给我站到外面去。"

他扔下扫帚，一脸无所谓地走了出去。

老师看着他那副样子，又吼他："你给我老实一点。"

他脸上的表情顿时垮了下来，装出一副古怪表情，问老师："这样老实了吗？"

同学们被他逗得哄堂大笑，老师则气得浑身发抖，拍着桌子要他请家长。

他就是喜欢这种被当成焦点人物的感觉，昂着头走出去罚站，像一只骄傲的小公鸡。

也许这种焦点人物的感觉习惯成自然，无论什么事他都喜欢抢着出头。

班上有个女生被高年级的学长写信追求，女生不愿意，学

长便恼羞成怒，让女生放学后在校门口等他。

那个学长我们是认识的，人长得牛高马大，脾气也不太好，同学们都不敢得罪他。

女生很害怕，大家不知道怎么办，慢慢地把眼睛落在他的身上。

他挺身而出，满不在乎地说：“没事，放学后我送你出去。”

他平时油嘴滑舌惯了，看着就像个不靠谱的人，可是女生不敢告诉老师，只能选择听他的。

放学后，他大摇大摆地走在前面，女生则小心翼翼地跟在后面。

离校门口越近，两个人的步子就放得越慢，大野转过头对女生说：“你不要怕，要不要我给你讲个笑话？”

女生说："是不是又是小企鹅的那个？"

大野点点头，女生又说："不能换一个吗？这个一点都不好笑，听完后好心酸。"

"心酸？"

女生点点头："小企鹅付出了那么多，北极熊也不领情，可见有些事是怎么也无法强求的。如果他不想跟你玩，那么怎样都不会跟你玩。"

大野虽然很好笑，但是他在学校并没有朋友。

女生说完觉得不太好，不再开口，他也没有吭声，两个人之间的气氛突然变得有些尴尬。

等了很久，那位学长也没有来，不知是不是被什么事耽误了。天色渐渐暗了下来，他们决定走了。

女生临走时说："虽然你讲的笑话一点都不好笑，但是你挺身而出的样子像个英雄，有力量保护其他人。"

大野落寞的眼睛里，突然绽放出光芒。

现在，翻开大野的微信朋友圈，里面依然是各种在网上找的冷笑话。我往往点个赞就离开，"深藏功与名"。

虽然这些笑话，依然不好笑。

可就像麻辣烫，你明知道那红红的汤底看起来很是可疑，却还是常常忍不住吃。

这不就是我们的时代吗？明知道很多事情很糟糕，却还是努力让自己活得快乐一些。

这是矫情，也是最好的时代。

岁月相欺不敌山水之逢

文/爱丽丝

这是件连调调都不知道的事情——

其实我在进公司之前，就已经对她颇有耳闻。

那时我刚从就职的第一家文化公司辞职，闲在出租屋的日子，除了不时往一些文化公司投投简历，便是日日贪睡在家。合租女友当时是调调手下的一名编辑，有一天她忽然和我说："不如你来我们公司上班吧，我们的主编调调是个很好的人！"

那时候，调调已经是业内知名的大刊主编了，二十岁出头的年纪，力排众议，创建了《飞言情》杂志，不过几年便已将这本原本不被看好的杂志做得风生水起。

而那时的我心高气傲，一心想做一本属于自己的杂志，又觉得我一个搞青春文学的，完全跟言情杂志不搭边啊！

再后来，我受到怂恿去了一家很小的文化公司，对方许诺会让我创办一本青春文学杂志，我便每天早出晚归，夜夜加班到一两点，被忽悠了一个月才明白老板哪管我的青春梦想，只想留住劳力帮他多出盗版书，这才愤而离职。

而真正见到调调本人，已经是一年后的事。从 2010 年 1 月我首次踏足长沙这座陌生的城市，到 2012 年 11 月，步行街、橘子洲头、化龙池……长沙叫得出、叫不出名的地儿都被我摸了个遍之后，历经辗转，我最终还是来到了魅丽。只是当年那个向我盛情邀约的伙伴早已离职，而面对这个几乎每个人名都熟悉，每张面孔又陌生的公司，我的内心其实是激动又惶恐的。

至于调调给我的第一印象，她应该是个很随和的人吧，见到人会和善地笑，让人倍感温暖，虽然笑得咧起嘴来，显得脸真的有点大……

再后来，我成为《花火》杂志的编辑，调调成为青春言情事业部的总编，也就是我的直接上司，仅仅合作数周就大胆让我做《十年荣光·小狮很忙》这本公司年度重点书的责编。有时候想想，我这个人满身缺点，却真心有点走狗屎运。所以感

谢她的包容和信任，这本书我出了很多错，最终还是取得圆满。

现在想来，那些冥冥之中的命数，或许皆是因缘。

记得前不久，我和眸眸过马路，曾谈论到人与人之间、圈子与圈子之间的关系。我说了这样一句话："那些你曾渴望过的、竭尽全力想要接近过的东西，若你想尽办法去渴望、去接近，你便会发现，这样的一个你，总能吸引到一些人，而这些人，会直接或间接地帮助到你，让你最终能够站在你力所能及的、离梦想最近的地方；而这些人，是你的命里贵人。"

就像我和舟舟聊天，她曾说过："你想成为什么样的人，命运会指引你去遇到那些人。你们可能没法一直在一起，有些人陪你一程，有些人陪你一生。"

而调调，便是我的那些人之一。

在长沙的这些年，其实我一直想要感谢很多人。

我来长沙工作的第一个上司，也是我待的第一个文化公司的老板，和调调一样是个处女座，拥有所有处女座共有的特性：细致、龟毛、完美主义、强迫症！时常遇到不满意的封面文字，他自己苦思冥想好几天，大半夜也要给我打电话：哎呀，我觉得这个句子这么写才好！一个有着上千万资产的大Boss啊！三更半夜的，不睡觉却给女下属打电话真的好吗？

怎么说呢，因为太过追求完美，所以他对下属，多多少少显得有些苛刻，却又总例外地流露出对我的欣赏。所以在当时的公司，他这份特别的好反而让我和别的同事之间，显得有些格格不入。

有一天，那些看我不顺眼的同事终于忍不住了，开始在大会上纷纷揭发我，由头不过是一些迟到不打卡、旷工不请假等违纪行为。我这种放荡不羁、不按常理出牌的性子，本就是个没办法正儿八经上班的人，之所以愿意上班，原本就凭着兴趣爱好，姐姐我高兴，却没想到我的任性为难到了他。

他没办法，只好在众目睽睽之下扣了我的钱，过后可能又怕我心里觉得委屈，又偷偷地背着其他同事把扣掉的钱还给了我。我数了下，还多了好几千。

瞧，就算我总是跌跌撞撞，却也总会遇到这些就算我是石头，仍然当我是金子会发光的人。

这些年，和你们每个人一样，多多少少，我也曾遇到过一些挫折，那些能与人说的，不能与人说的，但是每每想起生命中曾经遇到过的这些温暖的人，便又觉得，那些岁月曾经欺骗过你的，必然敌不过那些如山峦遇见河流般金风玉露的相逢。

在此感谢那些曾在我年轻时，给过我做梦权利的人。

感谢你们，让我能更自由地活着。

最不能释怀的小伤口

文 / 籽月

说真的，我特别庆幸自己能生在这个时代，而不是早一百年那个战火纷飞的年代，也不是晚一百年，科技进步到有些冰冷的时代。

可是我的好朋友小哇却不这么认为，他总是和我说："这个时代太浮躁了，连人心都跟着变得冷漠了。"

我挠挠头，有些不解地问：有吗？

他说："有。这个时代里的人，总是盯着别人的浮华，盯着别人的安乐，盯着别人的幸福，总是觉得自己窘迫、贫困、委屈、不甘、艰辛，总是有着各种羡慕嫉妒恨。"

我觉得他的情绪有些不对，小声道："你是不是有点太偏激了？虽然有些人是这样，可是大部分人都是很容易满足的啊。"

他撇了撇嘴，冷眼望着我，用清冷的声音说："你错了，人心是最不容易满足的。"

我没说话。我这人比较擅长写作，口才却很一般，我不知道怎么去消除别人身上那满满的负能量。

我能感觉得到，他是真心地讨厌这个时代，讨厌这便捷的一切，讨厌先进的科技，讨厌一切我所感激的事。

其实这不怪他。我记得初中的时候，他还是一个阳光满满的男孩儿，喜欢打台球，每次俯身拉直球杆击球的样子真的是帅，总是惹得放学路过的小女孩围观。

那时候他家庭幸福，生活美满，可是后来事情就变了。

他的父亲有一次出远门，可是再也没回来过，就这样失踪了，莫名其妙地，毫无预兆地。

再快的高铁也带不回他的父亲，再高端的手机也打不通那个号码，再发达的网络也找不到关于他父亲的一点点消息、一点点线索。

人家说，生要见人，死要见尸，可是他们家人却什么也见不到。

小哇和我说："有时候我觉得，就算我父亲像外面的人说的那样，中了彩票也好，和女人私奔了又生了小孩也好，怎么样都好，都没关系，就算他做了这些事也没关系，只要让我知道他在哪里就行了。"

可是七年了，他依然没有父亲的消息。

小哇前年谈了一个女朋友，女孩说要结婚，可是小哇却觉得自己还没找到父亲，自己的婚礼上没有他出席，怎么能结婚呢？他请求那个女孩再等等，可是女孩觉得这渺茫的希望根本没什么好等的，只是他不想娶她的借口。

女孩和小哇分手了。

分手那天小哇拉着我喝酒，自从他父亲失踪后，他的话一直不多，但那天晚上，他和我说了很多，他说他讨厌这个时代，讨厌这个时代有那么多方便的工具、那么多方便的网络，他总觉得自己有无数的希望和线索找到父亲，可是又一次次失望。

如果在古代就好了，什么希望也没有，正好也断了念想。

可是现在，他总会看着手机，他们永远不会搬家，他们在网站、在微博、在各个地方发寻人启事，他总觉得，有一天，一定有一天，他的父亲会回来的。

他想和全世界的人说：他的父亲，才不是抛妻弃子、中了彩票不愿意和家人分享、在外面偷生了孩子的浑蛋。他的父亲只是迷路了，或者是遇到困难了，他的父亲只是……没办法回家。

那晚他哭了，一个大男人，鬼哭狼嚎的样子，丢脸死了，却让我心痛地想抱抱他，想安慰他，想告诉他：叔叔会回来的。

可是，这句话我说不出口，这种不负责任的安慰、这种渺茫的希望我不想给他。

我沉默着不说话，闷闷地陪着他喝酒，然后送喝醉的他回家。

我想，这将是他一辈子都无法避开的伤口，只要一想起来，他就会心如刀割吧。

我们在这个时代，早上起来，拿起手机就可以上网看各类新闻，知道朋友们的最新动态，时代给了我们顺风耳、千里眼。

我们的时代，出行方便到让人无法想象，就像我的专栏书《蔚然成风》，我们可以去泰国，可以坐地铁、飞机、汽车，或者骑摩托车，走遍五个城市拍摄制作一样，时代给了我们飞毛腿。

这就是我们的时代，它给了我们神话中仙人才有的能力，可它没办法治愈小哇的伤口，没办法帮小哇找到父亲。它给了小哇无限的希望，又一次次叫他绝望……

也许任何时代都有它们的好处，也有它们的坏处吧。但不管生在哪个时代，我们都要努力地笑着面对。

当梦想照进现实

文 / 粉粉猫

梦想，多么老套的主题。当你看到这个标题的时候，是的，这是一篇宣传正能量的文章。当小左跟我约这个专栏时，我就在想，应该如何写得精彩来博眼球，是写写十年来知道的小狮狂暴自恋那些事，或者大 BOSS（老板）日渐隆起的肚子跟稀疏的头发，还是做个段子手，把编辑们的笑话都写出来？对不起，让你们失望了。最后我还是决定写这个老套俗气的主题——梦想。（喂，不要翻页啊，接着看啊喂！）

我少女时的梦想是做漫画家。当时国内流行最红的是姚非拉，我做梦都想嫁给他！为了更好地画漫画，我进了美术职高，大学也选择了设计系。高一时我创办了一个漫画社团，出了一本社刊便被老师以影响学业为由叫停；大一时在老师安排下开始给图书画插图稿，线稿五元钱一张（是有多廉价），每天画十张，日日黑白颠倒地忙了一个暑假，每天只吃一餐，瘦成个“人干”。这就是梦想最初的艰辛，却充实而充满希望。再后来，我供稿的图书出版商告诉我，当时付我五元稿费的老师，把我画的线稿上色后署他的名字去卖。我的梦想，在那时便瞬间崩塌。那种感觉，不知道你们是否能体会。那就像我本来举着白纱美美地奔跑在充满阳光的沙滩上，一低头，却看到海水里自己的倒影其实是如花……我觉得自己被利用、被愚弄了！我愤怒地抱怨着，再也不搭理那个老师，而我对于画画的自信，也一起被怨恨埋葬。

你没有出路，你就只是别人的一个工具。

我少女时的梦想，就此终结。

如今回首，其实我只是觉得可笑。因为一个小的挫折便能

被阻止的梦想，其实不配称之为梦想。

虽然我不再想做漫画家，但因为能画些小图，又能做些设计，我遇见了小狮，被带进了魅丽文化。狮子说："你的画其实很有意思，给《许愿树》画插图吧。"

意外啊，虽然我停止了对梦想的追逐，但它却悄悄地拎着年少任性的我，打开一扇新的窗。

我开始做《星光少女》《魔法少女》的杂志美编，同时给《许愿树》画插图。当我第一次拿起有着我名字的杂志，梦想，瞬间从书中跃出。是的，这是个全新的梦想，扇动着七色光的翅膀，欢快而明亮。

一直热爱魅丽、喜爱《花火》的你们，肯定知道我的梦想是什么了吧。

是的，我的梦想是——做一个出色的设计师，一个能为你们带来美丽书装的设计师。

因为魅丽，我找到了真正的梦想。

听起来很矫情吧，但这是真的。《花火》十年，陪伴了许多少女，在她们充满梦想的年纪，夜晚枕畔。你们一定从那些跳跃的文字与图画中，看见过自己的梦想。

2007 年，我开始接手《花火》A 版的设计制作，从封面到内页的插图约稿再到整本杂志的版式设计，让我充满了责任感与拼劲。曾经想做漫画家的梦想成为我约稿的一大优势，因为有良好的绘画基础，约图对我来说游刃有余，并且我认识了许多非常优秀的插画家，与某些还成为多年好友。猫君笑猪、guagua 老师、拾夏、阿亚亚、唐卡、TONO、LOST 7……许多许多画手，如同四季的花，在《花火》这个大花园中，依季绽开。而我就是这剪花枝的姑娘，修修剪剪直到现在。幸福吗？幸福呀！当梦想照进现实，做自己喜欢做的事，单纯而满足！

我的梦想与魅丽、与《花火》一起成长，依然在继续。

你的呢？

找到它。

每个人的活色生香

文 / 江小湖

中午同学小烨打电话给我，说："小湖啊，我们今天看新闻里说又有个网络作家因为过度疲劳猝死了，你最近怎么样啊？好久没有你的消息，一起聚一聚吧。"

我放下手里的洒水壶，用手拨弄了一下面前的风信子，说："谢谢同学们的关心，放心吧，我好着呢。我养了鱼，种了花，每天会抽出半个小时的时间跑步，还报了瑜伽班。"

但小烨还是不放心似的，说："老萧请客，已经买好了度假山庄的豪华套票，你来吧，好不好？"

我笑着说："好，一定来。"

我答应去不是奔着那豪华度假山庄的套票，而是我突然想让他们知道，我并没有活成他们想象中的那样。

近年来，新闻里确实常常爆出某个网络作家猝死的噩耗，因此，一些不明真相的人，像小烨那样，便以为我们从事的是高危行业，在以生命为代价换取着金钱和名利，以至不知道什么时候开始，网络作家和“死亡”两个字联系在了一起。

其实，网络作家猝死只是极少数的现象，只不过在媒体和网络的炒作下，变成了一个现象级的事，好像当网络作家迟早都会死一样。

而我觉得极少数的网络作家之所以会猝死，不是因为网络写作，而是因为他们本身就不够爱惜自己的身体。

我呢，既不是那种写一个月就能买个房子的土豪作家，也不是那种每天不眠不休写一两万字却还养不活自己的作家。我把百分之六十的时间用在写作上面，剩下的百分之四十则完全给了自己和家人。

晚上，小烨又给我发微信说：“亲爱的，眷眷说你又出书了，到时候带几本过来给同学们看一看吧。”

我想了想，回复道：“我会带我亲手做的蔓越莓曲奇来给大家吃，书就不带了吧。”

去年的那次聚会，我听从众人的吩咐，带了两本书去，于是那场聚会简直变成了我的新书发布会，大家聊天的内容总是围绕着我的书。

所涉及的话题让我感到不适，大家关心的是我什么时候可以继承莫言老师的伟业，获得个诺贝尔奖，为国争光；更多的人关心我的出版费，说听说赚了不少钱，问什么时候可以打败郭敬明，登上中国作家富豪榜。

我的这些同学，一个比一个厉害，有家里本就有过亿资产的“富二代”，有靠自己做生意发了家的大老板，有著名国企的负责人，也有进入政府体系担任领导的青年才俊，还有进入娱乐圈拍了电视和广告的小明星。

其实我们都才二十几岁，因为这个时代的多重可能性，所以大家有机会在各行各业百花齐放。

而我这个作家在他们当中显得格外特别，因为作家毕竟是这个社会极少的一个优秀群体。

但在他们的印象中，“作家”这两个字还代表着“清贫”，所以他们才会一直追问我出版费啊、收入怎么来啊这些问题。

我知道，对于老同学，他们并没有恶意，更多的是关心，怕我为了梦想过得太拮据。他们曾经听说我写小说的时候常常一个星期，甚至更长时间都不出门，还听说我因为写书总坐在固定的地方，把那沙发都坐出一个洞来，都觉得好心酸。

甚至豪气的大老板半开玩笑半认真地说要投资我的小说，

拍部电视剧或者电影。

我对同学们的关心表示感谢，我说：“在我们这个时代，每个人都面临着很多的机会，每个人都有成功的机会，但是没有任何一种成功是不需要努力的，特别是我们这个时代的人，要想在自己的行业里脱颖而出，这种努力是必须的。”

说到金钱，我的存款可能连你们这些土豪的银行卡上的尾数都不到；说到权力，我真的只能管我们家那只猫的吃喝拉撒；说到地位，在我家，我妈第一，我第二，我爸第三。

但是，我真的很庆幸，写作这个行业，它可以支撑着我的整个人生，让我的生活在朝着期望的方向发展，让我的经历变得不一样。

在我们这个格外追求金钱和地位的时代，写作让我拥有着无比宝贵的自由，不仅仅是行为的自由，还有灵魂的自由。我可以自由地支配我的生活，然后不被别人支配；我可以花三个月写一本书，再花两个月到全世界各地去旅行，而不必担心会给任何人带来麻烦，也不用向什么人交代。

还有，我可以在我的想象里天马行空，创作自己喜欢的故事，不被任何人和事约束。

我的一席话，让大家都沉默了，聚会的气氛也变得有些沉重。

良久，大老板轻轻地叹了一口气，说：“是啊，你生活的一部分，确实是用金钱也买不来的，那就是你的自由、尊严、从容，还有幸福。”

总想对你表白，我的心情是多么豪迈

文 / 唐扶摇

近两年我过得并不顺利。

新的作品断断续续写不完，想做的事进度缓慢，一直不能如愿以偿，原本以为开咖啡馆是件挺私人的事，没想到做生意要解决的问题太复杂，要打交道的人也太多，磕磕碰碰，颇有些憋屈。

年少时渴望成熟，常常自寻烦恼、无病呻吟，现在报应来了，烦恼如影随形，层出不穷，人生好像变成了一场游戏，需要不停地打怪升级，却不知道满级还得过多少关。

打着打着，竟然生出了“变态”的快感，生活一旦稍有平静，就会忍不住期待下一次波涛。命运也从来不让我失望，每次都呼啸而来，吓得我一身冷汗。好几次我跌跌撞撞，徘徊在放弃的边缘，但到底坚持下来了。我对自己的定位从来都不是“女汉子”这一型的，我更希望自己书卷气浓一点，长发披肩，裙摆轻晃，做一个安静的美少女，但造化弄人，

周围人看我的眼神分明在说："看，女壮士！"

我当然不想做女壮士，然而看看周围还在苦苦挣扎、拼命努力的人，到底不甘心放弃。

我咖啡馆隔壁一个开剪纸工作室的外地小姑娘，今年刚刚毕业，白天在景区给人剪风景，晚上回到工作室继续做设计。说是工作室，其实是老仓库改的，装修简陋，四处透风，下半夜还断电。常常晚上十一二点我们打烊回家，她蹲在花坛边的公共水池刷牙。我叫她去我家她不愿意，叫她把电脑、工具搬去我们店里做事也不愿意，只笑嘻嘻地让我们等她一会儿，然后她趁有人去上个厕所。

我另外一边的邻居里有个男生，从上学时就开始开公司，创业好几年，涉足各个行业，基本都以失败告终。我觉得他太功利，也太投机，装模作样，太不像同龄人，开始颇有些瞧不上他，但我妈喜欢这种努力的年轻人，觉得他不容易，做饭常给他带一口，偶尔还借钱给他周转。

后来他邀请我们去他家吃年猪，我妈喜滋滋地同意了。

车足足开了五个小时才到他家。我不知道走了多少的山路，经过了多少个村庄，感觉已经跨省了，我妈都喜悦全无，愁眉苦脸起来。

下了车，有狗有鸡，尘土飞扬，好不热闹，村支书和妇女主任也在，此刻的场面有点眼熟，我想了下，《变形记》啊！

我们踏进嘎吱作响的土房，那是客厅也是厨房，老式灯泡散发着微弱的光芒，青砖墙已经被熏得看不出原本的模样，桌上饭菜堆得满满的，不用村主任介绍乡村少年不惧命运的成长史，我跟我妈对看了一眼，都哭了。

我们怎么那么坏呢？还来人家里吃猪肉，活脱脱的皇军啊！

我们既惭愧又心虚，再也不敢瞧不起任何人。

现在他改在网上卖水果，这次终于成功，订单多，员工多，人家称呼他后面都加个“总”。前两天我寄快递碰见他，他蹲在快递堆里埋头干活，我说“你干吗呢”，他说“我挨个快递贴我们二维码呢，全市的快递我都贴了”……

我常听人大喊，这是我们的时代，这是最好的时代，这一刻，我才切身体会到这一点。

是你选择了这个世界

文 / 小楼

我们对未来有多期许，对现在就有多失望。

两年前，我曾为《花火》写过一篇专栏，题为《投我桃李，报之琼瑶》，曾获得不少嘉许。文中这样写道："你愤怒敌对，世界以愤怒敌对报你。你阳光温和，世界以阳光温和报你。你所看到的世界，是你希望呈现的样子。理解和尊重，是这世间最高贵的情意。"

彼时的我，阳光温和地呼吁大家要"心怀感恩"，而我的内心深处，未尝不对我们的时代感到失望，觉得这是一个"最坏"的时代也说不定。

直到今年发生的一件事，才彻底改变了我的想法。

花苏榕，《因为是医生》真人秀节目中的七位"小主"之一。他能从一众精英中脱颖而出，除了金灿灿、华丽丽的履历表，节目组更看中他那冷静睿智的外表之下一颗优美如诗的人文之心。

小花是医生这个行当里最令人羡慕的那种人，从小富养，衣食无忧。当他的同学还跻身在出租房里“理想丰满，现实骨感”的时候，他可以心无旁骛地整天泡在医院里，可以不求回报地追求成就感和幸福感。这样的小花，节目一经播出就被誉为“中国好医生”，红得如此突然、如此绚烂，实在一点也不奇怪。

而“中国好医生”的小花轮转到了急诊外科，却遇到了前所未有的危机。

“在急诊，我们一般只解决病人最紧要的问题，不做病情解释。我已经把急诊看成了门诊，可是还是有很多患者不满意，我自己也很不满意。”

刚到急诊一个月，小花就遇到两个患者扬言要打要杀，这对他的医学理想，未免不是一个沉重的打击。

我们也觉得小花变了。那个从容、冷静、充满自信的他消失了，取而代之的是一个疲惫、冷漠、竖起尖刺的青年医生。

一天深夜，他接诊了一名间歇性胸痛一个月的患者。疲惫不堪的他因为患者并没有急诊指征已经有些不耐烦，听闻患者还想开点感冒药，当即黑下脸，头也不抬地说："我开不了感冒药。"

"你不是医生吗？"

"我这里是急诊外科。"

"急诊外科只看急诊吗？"

"对。"

"帮我开点感冒药吧，这么晚了，我上哪儿去找药房啊？"

"对不起，我不能开。"

很多人认为他做得对："就不应该给他开，急诊资源这么紧张，开了这个先例以后病人更来了。"

可是一位急诊医生却一针见血地说："是沟通方式出现了问题。

"医生和病人交流的时候看着对方的眼睛了吗？

"当病人说胸痛的时候，医生发自肺腑地关切过他的感受吗？

"能治疗的时候，我们首要关注病情。

"不能治疗的时候，我们首先关注感受。"

小花因为一次特殊的机遇（他的论文被哈佛大学医学院选中，有幸到大会发言，这在住院医师中是顶级的荣誉）到了美国，也走访了美国的著名医院。他惊奇地发现，在医院里擦肩而过的每一个人，都是面带笑容的。如果医生和护士的微笑还可以用职业礼仪来解释，可是在那些因化疗掉光了头发的癌症患者脸上也满是笑容。他们不会焦虑、恐惧、哀伤，浑身充满负能量吗？是谁改变了他们？

小花带着这样的思考回了国，尝试学习美国同行，用真诚和微笑面对自己接诊的每一位患者。一天急诊下来，他惊奇地发现，急诊还是那个急诊，位子还是那个位子，但医生和病人不仅没有发生争吵，而且每个患者起身的时候，都真诚地对他说一声“谢谢”。

医疗资源还是那么紧张，并没有变出一张床来。

急诊还是那么拥挤，诊室内外拥堵着焦急万分的患者和家属。

可是为什么自己的周围就像拥有了神性的圣光，就连被病痛折磨得憔悴的面孔上也出现了笑容？

“我们的患者其实并没有想象中要求那么高，他们只是希望从我这里得到帮助。”那位急诊医生如是说。

To cure sometimes, to relieve often, to comfort always.（有时治愈，常常帮助，总是安慰。）

从“投我桃李”到“我投桃李”，改变的不只是两个字。

我们的时代，就连“80后”都开始怀旧。潜意识里，我是觉得现在并没有过去好。我们明明可以那么单纯、善良、诚实、友好，却被这个光怪陆离的世界闪花了眼、迷失了心。每个人都变得越来越胆小甚微，害怕付出，谁又来做打开心扉、坦诚相对的第一人？

我的一个闺密，自己开一辆白色的小轿车，为了不让自己的后座闲着，每天呼朋唤友地找人搭车。有一次，一辆公交车坏在路边，她主动摇下车窗，对路旁行色匆匆的女孩问“要不要搭车”，那女孩看都没有看她一眼。

你看，在我们的时代，人与人之间的信任就是这么岌岌可危。

“那你以后还会这么做吗？”我问她。

她沉默了片刻，说：“还是会。人都有困难的时候。”

丰子恺说：“你若爱，世界哪里都可爱。你若恨，世界哪里都可恨。你若感恩，处处可感恩。你若成长，事事可成长。不是世界选择了你，是你选择了这个世界。”

从今天开始，记得对经过你的每一个人都露出笑容，哪怕只有一个人回报你的微笑，就不要去计较那九十九人的漠视。

然后，你就会发现我们的时代其实并没有那么坏。

它依然单纯、善良、诚实、友好，而且比过去的时代，拥有更为专注的人性之光。

我们的时代

文 / 早安夏天

青春，有人说是不羁，有人说是悸动，有人说是萌芽。每每言及青春，我们脑中总会浮现那些校衫飞扬、单车疾驰的身影。青春就是一首诗歌，忧伤或欢悦，每个词、每个符号如何谱写，全由个人决定。

每个人在青春时代里总有个梦。我与大部分人一样，曾经希望考上一所重点大学，出来找一份好工作，简单而朴实，白开水一样，但我高考失利了。我的第一个梦，像夏日阳光里的泡泡一样，轻易就破碎了。

到了大学，学习环境比高中轻松了许多。那时电脑尚属于奢侈品，对于月生活费五百元的我而言，四千元的电脑可望不可即。大一和大二两个学期，我的梦很简单，就是想当个篮球高手。那是我从高中就一直存在的梦想。犹记得当年看完日本动漫《灌篮高手》，我便满腔热血地和小伙伴们跑到篮球场。于是，大学前两年，我把大部分时间都泡在了篮球场上，练出了球技，却发现离梦很远。我们终究不能像樱木花道那样，享受职业篮球场的助威呐喊。我们只能在球场上，为追逐那个遥远的梦而挥洒汗水，这就足够满足了。

大三和大四，我们搬了校区，无法再方便地打篮球，更重要的是有了电脑的存在。这是梦的载体。网络之浩瀚，有如大海。电脑改变了我的生活，包括我的梦想。由于临近毕业，每个同学都在寻求以后的出路。有的人考研，有的人考公务员，亦有的去面试超市的工作。而我，却窝在电脑前，做一件别人可能难以理解的事情——写作。

这是我的第三个梦，又或者是人生最终的梦。和许多热爱文学的人一样，我日夜盼望着自己的文字能变成铅字出现在杂志上。我仍记得第一篇短篇小说刊登时，心里的那种无法

言语的激动心情。那是别人对我的劳动成果的认可，亦是使我的梦想坚持下去的动力。

和以往所追逐的梦想不同，写作既是梦，亦是职业。和社会上其他职业一样，它并不令我感到轻松。曾经有一段时间，我会刻意计算自己每天和每个星期的码字数量。当字数少于每天两千字时，我会鞭策自己更加努力。我想，正是因为这样不断地要求自己，我才从写作中学习到更多，从而联想到我所认识的几个读者，她们希望走写作这条道路，却迟迟未有提高，究其原因，是她们三天打鱼、两天晒网的态度。

每个追梦者都应该时时刻刻鞭策自己。就像我们走在人生的道路上，以梦想为终点站，有些人原地踏步，有些人却一步一个脚印，不管多艰难，终会到达终点。而终点对于我而言，太遥远，我甚至不知道它离我还剩几个站。我出过许多书，但令人唏嘘的是，它们没有令我称道的地方。我总是以一颗谦虚的心看待我的小说。就在前几天，有一个读者到我微博下评论，说我小说下的人物没有灵魂。我诚惶诚恐。我明知道我的小说不可能讨好所有人，却仍希望能得到更多人的认可。

步入三十不惑之年，我已经离青春的时代越来越远，但我想我仍会持之以恒地创作青春小说。因为我觉得，青春是最美好的时代。我喜欢用我的文字，描述那些逝去的校园时代，那些只在梦里出现的黑板、课桌，以及每张年少的笑脸。

因为，这就是青春啊！

怪小姐

GuaiXiaoJie

爱丽丝

| 著

新浪微博：
@花火爱丽丝

12岁开始写作，
14岁发表人生第一篇文章。

高考落榜，大学辍学，
21岁一身孑然，只剩梦想，
一路跌撞闯荡长沙。

十余年间，
在国内大中小刊物
发表文章近百万字。

她们说我是怪小姐，
我说：我是爱丽丝。
当我和世界不一样，那就让我不一样

从艺校问题少女
到资深出版人

花火明星编辑爱丽丝
首部作品合集《怪小姐》

揭露不一样的青春，
她说：我不是叛逆，我只是想为自己而活。